Annette Pehnt
Alles was Sie sehen ist neu

Annette Pehnt

Alles
was Sie sehen
ist neu

Roman

PIPER

Mehr über unsere Autoren und Bücher:
www.piper.de/literatur

Von Annette Pehnt liegen im Piper Verlag vor:

Alles was Sie sehen ist neu
Briefe an Charley
Chronik der Nähe
Der kleine Herr Jacobi
Die Bibliothek der ungeschriebenen Bücher (Hg.)
Haus der Schildkröten
Hier kommt Michelle
Ich muss los
Insel 34
Lexikon der Angst
Lexikon der Liebe
Man kann sich auch wortlos aneinander gewöhnen
    das muss gar nicht lange dauern
Mobbing

ISBN 978-3-492-07010-2
© Piper Verlag GmbH, München, 2020
Satz: Satz für Satz, Wangen im Allgäu
Gesetzt aus der Granjon
Druck und Bindung: GGP Media GmbH, Pößneck
Printed in the EU

Die Gruppe

2019

Als wir in Kirthan ankamen, war der Flug uns in die Gesichter geschrieben. Die Haut spannte auf meiner Stirn, unsere Rücken zusammengestaucht.

Eine Zumutung, sagte Vater leise, aber während des Fluges hatte er sich mit keinem Wort beschwert. Während ich unruhig auf dem schmalen Sitz herumgerutscht war, meine kalten Füße geknetet und den Nacken massiert hatte, zwischendurch aufstehen und über meinen Vater hinwegsteigen musste, saß er in gerader Haltung und unbeweglich auf seinem Platz, hatte sich weder die Schuhe ausgezogen noch die hellblaue Fleecedecke aus der Plastikhülle geschält, hatte das Essen, das wir immer wieder gebracht bekamen, sorgfältig verzehrt, die Schälchen ineinandergestellt und sich bei der Stewardess bedankt.

Dann hatte er sich wieder das Buch vorgenommen, das er zum Reisebegleiter erwählt hatte, *Reisen durch Kirthan in dunklen Zeiten*, kleine Beobachtungen aus dem vorletzten Jahrhundert von jemandem, dessen Namen ich mir nicht merken konnte und für den Reisen eine noch größere Mühe gewesen war als für uns.

Es war Vaters Wunsch, mit mir gemeinsam Kirthan zu besuchen, er an meiner Seite oder ich an seiner, das nehmen wir nicht so genau. Vater hat mir die Reise spendiert, mit Einzelzimmeraufschlag. Meine Aufgabe ist es, ihn zu begleiten, seine dagegen, sein Wissen abzugleichen mit der Welt.

Für die Reise mit Vater sage ich jedes Jahr alles andere ab. Die Nachbarin schaut nach den Feuerbohnen und dem zarten Dill auf dem Balkon, das Kammerorchester probt ohne mich, und im Büro wissen es alle. Weil Vater mich sehr selten besucht, hat ihn noch niemand gesehen. Ich habe ihn immer wieder zu mir eingeladen, aber er möchte seine Bibliothek nicht verlassen. Die Reisen sind seine einzigen Ausnahmen.

Vater: im Krieg geboren. Er sagt, das tue nichts zur Sache. Die heutige Zeit, sagt er auch, interessiere ihn nur mäßig, weil sie wenig Bemerkenswertes hervorbringe. Von seiner Kindheit weiß ich wenig, ich habe mir abgewöhnt, ihn auszufragen. Es gehöre sich nicht, in die Menschen einzudringen, sagt er. Wenn ich ins Plaudern gerate, nickt er unaufmerksam und trinkt zu viel Kaffee, bis ich damit aufhöre. Meine Freunde gehen mit ihren Vätern angeln, einkaufen oder in die Sauna. Das käme uns nicht in den Sinn. Wir haben einige Geschichten an der Hand, aus der Zeit, als ich klein war, als Mutter noch lebte und als ich das Elternhaus verließ (im Frieden). Das genügt uns. Mein Vater langweilt sich nie, ist sehr beschäftigt, trägt im Winter moosgrüne Pullover und im Sommer schwarze, ungebügelte Hemden, die ihm ausgezeichnet stehen. Er musste in seinem Leben nur zweimal zum Arzt (wegen einer Nebenhöhlenvereiterung und einer Blinddarmreizung). Er verbringt seine Zeit damit, in Archiven mit weißen Baumwollhandschuhen die brüchigen Seiten von Erstausgaben umzuwenden, seine Bibliothek auf rechteckigen Pappkarten zu katalogisieren, gelegentlich Artikel zu verfassen und Dosensuppen zu erwärmen, wenn er hungrig wird. Immer trinkt er zu wenig, im Hochsommer rufe ich ihn täglich an und erinnere ihn an seine Wasserkaraffe. Seine wenigen grauen Haare lässt er regelmäßig im Damensalon von einer Friseurin schneiden, die Mutter noch kennt. Wenn er eintritt, reißt das lautstarke Geplauder der Damen kurz ab, und alle beobachten ihn freundlich, bis er sich aufrecht vor dem Spiegel eingerichtet hat. Ich habe ihm vorgeschlagen, zu einem Herrenfriseur zu wechseln, aber er hat gar nicht zugehört. Die Friseurin massiere ihm die Kopfhaut mit Birkenwasser, sagte er zufrieden, und rasiere ihm auch die Schläfen. Ich beobachte ihn das Jahr über aus der Ferne, regelmäßig bekomme ich von ihm sorgfältig aus den Zeitungen ausgeschnittene wissenschaftliche Artikel zugeschickt. Am Telefon fragt er mich dann nach meiner Einschätzung, ich muss mir Stichworte machen, um ihm zufriedenstellend antworten zu können. Seine Unnachgiebigkeit freut mich; auch ich nehme es mit allem sehr genau. Allein wie er, fürchte ich nichts mehr, als mich hängen zu lassen; nach einem verdösten Wochenende oder einer Nacht vor dem Fernseher fühle ich mich schlaff und nachlässig und verordne mir ein paar Bücher, damit ich nicht aufhöre zu denken. Eine Zeit lang habe ich morgens nicht mehr gefrühstückt, abends so viel Wein getrunken, bis meine Zunge schwarz war und meine Fingernägel nicht mehr gefeilt, aber das ist vorbei, und mein Vater hätte es nicht verstanden.

Wenn ich ihn besuche, taut er eine Gefriertorte auf, so wie Mutter es immer gemacht hat, die zu ungeduldig zum Backen war. Geduld genug hätte er, aber nicht die Zeit, um Butter und Mehl abzuwiegen, Streusel zu kneten und eine Backform zu fetten. Er möchte keine Fehler machen und mich nicht schlechter bewirten, als Mutter es immer getan hat. Servietten vergisst er trotzdem, die hole ich und verliere kein Wort darüber. Bei jedem Anruf klingt seine Stimme zuerst brüchig, weil er wenig spricht. Ich sehe ihn vor mir, wie er das Telefon zwischen seinen Papieren sucht, unter den aufgeschlagenen Büchern mit den winzigen Randnotizen, den sorgfältig fotokopierten Artikeln und den aufeinandergetürmten Zettelkästen, sortiert nach Jahren, Themen und Alphabet.

Was sollen wir mit deiner Bibliothek machen, wenn es dich mal nicht mehr gibt, habe ich einmal gefragt, aber keine Antwort bekommen. Er schaute mich streng an, als sei mir ein ungehöriger Einfall gekommen, den man nicht weiterverfolgen sollte.

Ich sorge mich manchmal um ihn, aber es gibt genug anderes zu tun, das Jahr geht vorüber, bis wir im September wieder telefonieren und unsere gemeinsame Reise im kommenden Jahr besprechen. Er wählt das Ziel. Ich frage ihn nicht nach den Gründen, denn ich weiß ja, worum es ihm geht. Meine Freunde wundern sich, dass mein Vater und ich kein Jahr auslassen; sie laden mich ein, stattdessen mit ihnen zu paddeln oder zu klettern, zu fliegen oder zu wandern. Manchmal hole ich auch wirklich meine Wanderschuhe aus dem Keller, kratze den eingetrockneten Dreck von den Sohlen und werfe mir probeweise den Rucksack über die Schulter. Früher bin ich oft so gereist, habe in Zelten Mücken totgeschlagen, auf Wiesen geschlafen und bin am Meer entlanggelaufen, bis mein Haar salzig und meine Socken sandig waren. Lange habe ich geglaubt, dass Reisen eine Form von Streunen sein müsse, dass ich auf Sofas in fremden Städten übernachten, mir den Magen an verkeimtem Wasser verderben, mein Essen mit mageren Straßenhunden teilen und nachts auf meinem Geldbeutel schlafen müsse, damit es zählt. Nach solchen Reisen war ich abgemagert und stolz. Aber Vater fragte nie nach diesen Fahrten, er wollte auch keine Bilder sehen.

Wenn wir reisen, werden wir zu einem Paar. Ich stütze ihn auf unebenem Gelände, warne ihn vor Sonnenbrand und Taschendieben und reiche ihm den Arm, wenn es bergauf geht. Doch wenn wir aus dem Fenster des klimatisierten Reisebusses schauen, ist er es, der mit dem hornigen Nagel des Zeigefingers an die Scheiben tippt und mir Straßenzüge und Dachgiebel zeigt, Architekturen, Statuen, er hat sich eingearbeitet, so wie er es auf jeder Reise tut und immer getan hat. Natürlich habe auch ich nachgelesen, aber ich weiß ja, dass ich mich auf ihn verlassen kann.

Kirthan, sagte Vater diesmal im September nach einer kleinen feierlichen Pause, wir sollten nach Kirthan fahren. Ich war überrascht. Wir reisen sonst eher in Europa, selten nach Amerika, nie nach Asien. Diesmal aber wollte er an einen Ort, über den ich ausnahmsweise nichts lernen wollte, ich kannte ihn, dachte ich, zur Genüge aus Märchen und von den rotgoldenen Imbissstuben, aus dem Museum und den Nachrichten, die Lage dort war bedrückend, und das Ganze war ein in sich gefaltetes, schwieriges Gebilde, das nur aus der Ferne glänzte. Für mich gab es keinen Grund, das zu ändern. Aber es lag nicht an mir, Vaters

Entscheidung zu hinterfragen, einmal im Jahr hat er die Wahl.

Am Gepäckband stand der Reiseleiter mit seiner Weste, einem Schlüsselbund an der Hose und der Namensliste, Schirmmütze über dem angenehm gebräunten, schmalen Gesicht. Er hatte halblange Haare, die er sich sorgfältig hinter die Ohren strich, und schaute aufmerksam in alle Richtungen. Er war gut vorbereitet; unsere Namen kannte er schon auswendig.

Wenn ich mit Vater reise, fahren wir nie allein, und jedes Mal beobachte ich mit leichter Spannung und Gereiztheit die ersten Manöver des Reiseleiters, wie er sich anstellt, ob er geschmeidig ist, ob er laut lacht oder gar nicht und was er uns zu erzählen hat. Inzwischen bin ich in der Lage, mir sehr rasch ein Bild zu machen. Anfangs erschafft der Reiseleiter den Rahmen, in den er uns dann das Bild eines Landes hineinmalt. Man muss mit allem rechnen; wir hatten schon wilde Ölgemälde, abstrakte kühle Skizzen und verwirrende Collagen. Zum Glück sorgt die Firma, auf die wir uns seit einigen Jahren verlassen, für eine gewisse Vorhersehbarkeit. Es wird nicht wild gekritzelt, und die Farben sind generell angenehm gedeckt. Ich muss zugeben, dass es mich anfangs störte, an die Leine genommen zu werden, ich wollte mir selbst überlegen, wie ich Vater manövrieren und ihn auf die Höhen seiner Gelehrsamkeit begleiten könnte, wo wir gute Aussicht und einen freien Blick hätten. Inzwischen habe ich mich daran gewöhnt und bin froh, nicht über Fahrplänen hocken und auf Bahnsteigen herumstehen zu müssen, und Vater beschwert sich selten. Aber ich habe keine Lust, mich in die Hände eines Idioten zu begeben. Dieser Reiseleiter machte am Gepäckband bisher keine Fehler, er hatte seine Augen überall, war behände und lachte nicht zu viel. Vater und ich musterten die Gruppe, er mit seinem strengen Blick, ich erschöpft und ein wenig nervös.

Meinst du, die gehören zu uns?

Die sehen eigentlich nett aus, sagte ich höflich, aber ich wusste, dass es ihn nicht kümmerte, guck mal, der eine in seinen weißen Klamotten. Und das Mädchen, gehört die auch dazu? Ziemlich jung. Kann die sich das denn schon leisten?

Wir schoben die Koffer zusammen, frisch vom Band gezerrt, mit dem Logo der Reisefirma geschmückt. Vater stützte sich auf dem Gepäckwagen so ab, dass es niemand bemerken würde. Sicher hatte er sich längst eingearbeitet, hatte Bücher durchgesehen und Notizen gemacht. Er wusste von Keramik und Fischfang, Reis und Seide, wusste, wie die Städte gewachsen und die Grenzen gezogen worden waren, kannte Tempel, Plätze und Kaiser, aber er wollte das Gelesene vor Ort spüren, hören, schmecken. Nichts anderes wollte er dort vorfinden, aber auch nicht weniger. Er wollte nicht umherstreifen, sondern das Gelernte noch einmal lernen, und dafür hat unsere Firma das Monopol.

An unseren Koffern baumelten teure Lederetiketten, und unsere Pässe waren in weißes Leder eingeschlagen. Wir wischten uns mit Feuchttüchern über die trockenen Gesichter. Die Blusen waren verrutscht, die Haare wirr, es wurde Zeit, sich in Ordnung zu bringen, und das wusste der Reiseleiter, so wie er immer wissen würde, was wir brauchten, dafür war er ja geschult.

Hoffen wir mal, dass sie es sich leisten kann, sagte Vater und lächelte sein feines spöttisches Lächeln.

Liebe Kirthan-Reisende, sagte der Reiseleiter, darf ich kurz um Ihre Aufmerksamkeit bitten. Es gefiel mir, dass er uns als Reisende begrüßte und nicht als Gäste oder Kunden. Nichts ist wichtiger als der erste Satz.

Wie ich sehe, haben Sie sich ja bereits gefunden. Wir gehen nun zusammen durch den Zoll und direkt durch die Arrivals, zügig und gemeinsam. Vor der Glasfront wartet unser klimatisierter Bus und fährt uns gleich ins Hotel. Sie wollen sich sicher erst frisch machen.

Sein Deutsch war schnell und vollkommen akzentfrei, die Sätze purzelten ihm aus dem Mund, als hätte er sich das alles gerade jetzt erst ausgedacht, und vielleicht war es auch so. Ich musterte sein Gesicht, weil ich mir nicht mehr sicher sein konnte, ob er aus Kirthan stammte oder nicht, obwohl uns die Firma einheimische Experten versprochen hatte.

Wir nickten und rückten zusammen, die Gruppe war klein wie immer, auch dafür hatten wir bezahlt. Einige tuschelten gleich untereinander und tauschten erste Bemerkungen, über den Flug, die Koffer, die Reisefirma, reichten Stadtpläne und Wasser herum. Der Koffer des Mädchens war beschädigt worden, ein Riss zog sich durch den Hartschalendeckel. Der Reiseleiter fuhr prüfend mit dem Finger darüber, dann nahm er den Koffer und zog ihn zu einem gläsernen Büro, in dem uniformierte Beamte saßen. Wir seufzten, weil wir nun wirklich nicht noch länger warten wollten, aber es dauerte nicht lange, sie gestikulierten und beugten sich über den Koffer, dann zog einer der Beamten einen wuchtigen dunkelblauen Stoffkoffer aus einem Regal, fabrikneu und noch eingeschweißt, und stellte ihn dem Mädchen vor die Füße. Der Reiseleiter legte die Hände vor der Brust zusammen und bedankte sich anmutig, eine Geste, die seltsam einstudiert wirkte, und wir starrten entgeistert auf den klobigen Koffer, Kirthans erstes Geschenk an uns Gäste.

Vaters Koffer ist schwarz und schmal, es passt nur wenig hinein, sodass ich darauf achten muss, dass er dennoch sein Hemd oft genug wechselt. Er vergisst diese Dinge.

An aufrechten, unbeweglichen Zollbeamten vorbei stießen wir in die Ankunftshalle vor, wo wir in ein Meer von Einheimischen hineinströmten, Hunderte, Tausende, wir, etwas größer als sie, schauten leicht erhöht über unzählige dunkle Schöpfe, ein langsam mahlender Strudel, der uns aufnahm, auseinanderriss, vorantrieb, ich hielt Vater fest unter dem Arm, denn mit seinen langsamen, leicht ruckelnden Schritten blieb er zurück, wie Strandgut in dieser großen Bewegung, bis wir vor der Glasfront wieder alle zusammenkamen und die Ränder der Gruppe sich nach innen schlossen, unsere Schultern berührten sich, die Stöße und Bewegungen der Menge pressten uns noch enger zusammen, und der Reiseleiter sagte, mit einem verschmitzten Lächeln, willkommen in Kirthan. An seiner Weste zitterte ein weißes Namensschild, als stünde es unter Strom: Nime.

Dann im Bus, der Reiseleiter vorne neben unserem Fahrer, der sich von uns Joe nennen lassen wollte, saßen die Paare nebeneinander, die Einzelnen einzeln, ich neben Vater. So war es bisher auf jeder Reise, eine rasante Sortierung, die dann nicht mehr geändert wurde, als hätte jemand mitgeschrieben. Ich sitze seit jeher gern neben Vater, er riecht

13

nach Papier und einer altmodischen Seife, die er sich im Internet bestellt, und ich frage mich, woher er sie bezog, bevor er lernte, einen Computer zu bedienen. Es war immer schon so, dass er mir hier und da etwas zeigte, aber er ist dezent, und mit seinen taktvollen Erläuterungen reichert er Orte und Zeiten an mit einem Wissen, das zu ihm gehört wie sein gekämmter, weiß gewordener Bart und seine schlanken Finger. Mit leiser Stimme erzählt er von Herrschern und Verlusten, Planungen und Veränderungen, Städte sind für ihn gebaute Geschichte, und ich kann durch keine Stadt gehen, ohne mir seine Gesellschaft zu wünschen. Die Menschen dagegen bemerkt er kaum, er schätzt manche von ihnen, mich zum Beispiel, andere sieht er gar nicht erst.

Köpfe sanken an getönte Scheiben, Schuhe wurden verschämt von den Füßen gestreift, Blusen zurechtgezupft. Zahnpastaflecken an den Krägen. Nime, unser Reiseleiter, pustete ins Mikrofon, gab ein paar Daten durch, Wetter, die genaue Ortszeit, das Programm für den Tag, vor allem erst mal frisch machen, diese Wendung benutzte er mit Vergnügen. Und er lenkte auch gleich den Blick auf die ersten bemerkenswerten Einzelheiten, die uns nicht aufgefallen wären, weil wir noch zu sehr mit uns selbst beschäftigt waren. Ich fuhr mit der Zungenspitze über die pelzigen Zähne.

Alles, was Sie sehen, ist neu, sagte der Reiseleiter, vor zehn Jahren war hier nichts, nur Schlamm. Aus den Pfützen und dem Dreck hat sich diese Stadt erhoben.

Es kann ja nicht sein, dass hier nichts gewesen ist, sagte ich leise zu Vater, es muss ja Flächen gegeben haben, vielleicht auch Häuser, Baracken oder Hütten, irgendwelche

Äcker, von mir aus Reisfelder, jedenfalls kann man nicht einfach sagen, dass Kirthan erst seit zehn Jahren existiert, oder wie geht hier die Zeitrechnung.

Eine Geschichte braucht Entwicklung, Bilder, Übertreibung, sagte Vater und begann, mir die Baupolitik des letzten Jahrzehnts zu erklären. Aber Nime fuhr schon fort.

So ist es doch, Joe, und Sie werden es selbst erleben: Kirthan ist aus der Asche auferstanden, aus dem Nichts. Joe nickte heftig, ja, so ist es. Er hatte eine laute Stimme, und einige lächelten über seine Begeisterung. Vater lächelte nicht, er schüttelte nur den Kopf.

Die Straßen waren blockiert, eine festgekeilte, unübersichtliche Masse von Autos, ein Meer roter Rücklichter, die in unendlichen Rhythmen sekundenversetzt aufblitzten und sich kompliziert in den getönten Scheiben des Busses brachen. Kalte Luftströme wirbelten durch den Bus, aber draußen fädelten sich Radler mit nackten Oberkörpern und Mundschutz durch den Verkehr, drüben ein Karren mit orange glühenden Früchten, jemand zog ihn und wischte sich den Schweiß von der Stirn, auch das ist Kirthan, murmelte jemand weiter vorne im Bus, und wir nickten. Halb zu uns gewendet nannte der Reiseleiter nun, als habe er auf dieses Stichwort gewartet, Zahlen und Fakten, die Größe der Hauptstadt, die Luftfeuchtigkeit, die Hauptverkehrsadern, auf denen wir entlangkrochen bis in das Hotel, das eines der besten am Platze sein sollte. Nun sprach er nüchtern und ruhig, dieser Teil der Geschichte schien ihm leichtzufallen, er hatte alles im Kopf.

Meine Finger waren an den Kuppen taub, auch im Nacken spürte ich Spannung und die klamme Kälte der Klimaanlage, die ersten zogen Tücher und Schals aus ihren

Taschen, die waren für alles gewappnet. Sie lehnten die Kameras an die beschlagenen Scheiben, die Objektive klackten gegen das Fensterglas, und machten die ersten Fotos. Auch Vater hielt seine kleine alte Spiegelreflex in der Hand, aber er wusste, dass er zu lang brauchen würde, um die passenden Einstellungen zu finden, und vielleicht auch, dass Kirthan in Schwarz-Weiß nicht funktionieren würde.

Der Dunst, unglaublich.

Ist das Smog?

Sind wir im Norden oder im Süden?

Das leise Gemurmel der Gruppe machte mich schläfrig, und ich sackte etwas in mich zusammen, während Vater immer noch aufrecht und konzentriert aus dem Fenster schaute.

Das Hotel liegt an einer der kilometerlangen, schnurgeraden Achsen, die die Stadt rechtwinklig durchschneiden, umstanden von hohen, dürren Palmen, unübersichtlich zusammengewürfelt. Durch unzählige Vorhallen, Anbauten, zwei Innenhöfe mit künstlichen Bächen, an vergoldeten Drachen und grünlich vermoosten Wasserspielen vorbei folgten wir Nime auf weichen Beinen zum Empfang. Kurz verhandelte er mit den Damen, sie lachten zusammen. Nime hatte biegsame Arme, die er ständig verschränkte und löste, als bräuchten sie dauernd Bewegung. Wie alt er wohl war, wie viele Jahre jünger als ich, war schwer zu sagen. Ich würde wenig von ihm erfahren, so war es immer, die Reiseleiter hielten sich im Hintergrund. Wir gaben die Ausweise ab, bekamen Schlüssel ausgeteilt.

Ich hoffe, dass wir die wiedersehen, sagte ich leise zu Vater und schaute den Damen zu, wie sie unsere weißledernen Pässe in zwei säuberliche Stapel sortierten. Während ich noch überlegte, warum es zwei Gruppen gab und wovon es abhing, in welchen Stapel man geriet, verteilten sich alle rasch. Nime ging, nun wieder ernst und mit gerunzelter Stirn, murmelnd noch einmal die Liste durch, während Kofferträger und Lakaien in weinroten und safrangelben Uniformen Rollwagen herumschoben und Türen aufhielten. Jemand wollte Kaffee und Kuchen, ein anderer einen Kamillentee, europäische Wünsche, die in Kirthan heimelig und unsinnig zugleich erschienen.

Ingwer, schlug Nime vor, das ist genauso gut.

Vater wartete geduldig auf mich, schaute umher und räusperte sich leise, er drehte auch langsam seinen Kopf hin und her, um die harten Muskeln zu lösen, und ich merkte, wie ich die Zähne zusammenbiss vor Müdigkeit. Rasch griff ich nach meinem leuchtend gelben Koffer und seinem schmalen dazu.

Ein Gang durch die benachbarten Zimmer, wir suchten Lichtschalter und europäische Fernsehkanäle, der Haarföhn lag im Schrank, winzig, wie für Puppen. Der Sprudel stand im Bad, und in den Fugen hinter der Dusche krochen winzige Tiere, die wir wegsprühten, und nur nicht hinlegen, sonst kommt der Schlaf. Frisch machen, Hände waschen, Klopapier falten und in die Tasche stecken für alle Fälle, und gleich würden wir unten im Restaurant lernen, wer wir waren, die Namen, woher und warum, wie oft schon und mit wem. Vater würde es sich nicht merken können, er vergisst solche Namen, manchmal sogar meinen, wenn er mich mit Mutters Namen anspricht, nur die Bauherren der Geschichte, die Geistesgrößen und Erneuerer, die Überflieger und Unternehmer, die vergisst er nicht.

Bei den Runden sitzt er unbeteiligt, aber höflich, leicht ab-
gewendet vom Nachbarn auf seinem Stuhl, ich kenne das
von den letzten Reisen. Ich mustere die anderen immer
scharf, ob ihre Blicke auch nur die kleinste Spur von Ableh-
nung verraten, doch niemand hält ihn für abweisend, und
das will ich ihnen auch geraten haben.

Diesmal waren alle überrascht, als ich Vaters Alter verriet, es schien sie zu freuen, dass man in Vaters Alter solche
Fahrten noch auf sich nehmen konnte, eine tröstliche Aussicht für diejenigen, die auf die Reisen mit der Firma nicht
mehr verzichten konnten, es gab immer welche, die jedes
Jahr zwei- oder dreimal aufbrachen und schon weltweit
alle Touren der Firma mitgemacht hatten. Ich hielt mich
neben Vater und drängte mich am Tisch gleich neben ihn,
es war meine Aufgabe, ihn zu umsorgen, aber zugleich war
es eine rettende Maßnahme. Ich esse nicht mit jedem, es
kostet mich Kraft, einem fremden Nachbarn beim Kauen
zuzuhören; so zurückhaltend wie Vater kauen die wenigs-
ten, sie mahlen mit dem Kiefer und fahren sich ständig
über die glänzenden Lippen, und ich wende den Blick ab
und rücke näher zu Vater, der lautlos und geschickt seine
Nahrung vertilgt.

Alle aßen mit Stäbchen, nur Vater versuchte es nicht, er
fragte sofort nach Besteck, und der Kellner brachte es ihm
so rasch, als hätte er schon darauf gewartet, wann der erste
von uns aufgibt. Aber wir anderen waren entschlossen,
die Gepflogenheiten des Landes zu erforschen, deswegen
waren wir ja hier, und obwohl ich in Imbissstuben und
in prächtigem Gold geschmückten Restaurants oft geübt
hatte, stellte ich mich hier, wo es viele Zuschauer gab, reich-
lich dumm an und ließ kleine Brocken auf das Tischtuch

und meine Oberschenkel fallen, aber Vater schien es nicht
zu bemerken.

Und dann stießen wir noch einmal alle zusammen an: auf
uns, auf Nime (wo war er?), auf den Busfahrer Joe, der
nicht dabei war (schlief er im Bus?), auf die ewige Freundlichkeit, auf die Kellnerin, die uns immer mehr Cocktails
des Hauses brachte (blau, mit silbernem Schimmer), auf die
Scheinwerfer, die den Hotelgarten in ein perlmuttfarbenes
Licht tauchten (wo vorhin noch die Katzen gebalgt hatten,
flirrte nun ein geheimnisvoller Glanz zwischen den Büschen), auf die Transparenz, auf das Essen, das man uns
in Dutzenden von Schalen auf Drehscheiben gestellt hatte,
mit einer Drehung hundert neue Geschmäcker. Inzwischen waren wir satt und träge, der Jetlag machte uns rühr-
selig, und wir tranken noch eine letzte Runde, bevor wir in
die Betten sanken und sofort einschliefen.

Die Nacht war unruhig. Die Klimaanlage sprang aus und
an, ich wachte auf und wälzte mich unter den Laken. Die
Reise schien mir wie eine gewaltige Hausaufgabe, für die
ich mehr Zeit und Kraft brauchen würde, als ich hatte.
Aber so geht es mir anfangs immer. Jetlag trieb uns morgens um halb sechs aus den Betten, im beleuchteten Spiegel
sah ich fahl und kränklich aus. Vor den dreifach verglasten
Fenstern der Frühstückslounge dröhnte der Verkehr, während wir am Buffet hin und her gingen und zwischen den
kirthanesischen Knödeln und Bällchen, Suppen und Fla-
den zauderten, und dann mussten wir uns, beladen mit
Schalen und Bechern, Plätze suchen, Vater und ich. Das
Mädchen mit dem neuen Koffer setzte sich allein ans Fens-

ter, dahinter das verhaltene Paar aus Essen, der norddeutsche Lokalpolitiker zog seine Frau hinüber zum Tisch der jungen Ärzte, wir erinnerten uns noch an viele Namen, aber nicht an alle, das würde anders werden in den nächsten Tagen, ich jedenfalls würde mir schon Mühe geben. Ich würde Vater soufflieren, wenigstens ein paar Namen sollte er hier und da ins Spiel bringen, auch wenn seine Geselligkeit vor allem auf mich beschränkt ist. Nime, der ausgeschlafen und vergnügt grünen Tee trank, rief uns zum ersten Programmpunkt: Schattenboxen mit Joe, der nicht nur Busfahrer war, sondern unser Kontakt, unsere Schnittstelle zu Kirthan. Er frühstücke nicht mit uns, nein, er esse morgens gar nicht, erklärte Nime.

Er sitzt eine Stunde, er boxt Schatten eine Stunde, dann kommt er zu uns und fährt Bus.

Meinen Sie Sitzen als Meditationstechnik?

Warum frühstückt er nicht mit uns?

Die lokalen Kräfte nehmen die Mahlzeiten nicht mit uns ein.

Wollen sie nicht, oder dürfen sie nicht?

Nime lächelte versonnen und versammelte uns um sich. Er musste nicht lange warten, wir suchten von allein seine Nähe, wir wurden hier alle wieder zu Anfängern.

Wir stellten uns in einem der Innenhöfe im Halbkreis auf. Die Luft war schon klamm und umschloss uns wie warmes Wachs. Wir warteten auf Joe, der heute anders aussah, weiß gekleidet, ohne Kappe, er stellte sich strahlend in unsere Mitte und begrüßte uns mit aneinandergelegten Händen. Gleich begann er, mit ausgebreiteten Armen langsame Bewegungen zu vollführen. Hinter ihm am künstlichen Wasserfall rauften karamellfarbene Katzen um ein

20

Stück totes Tier, bis einer der Lakaien durch die Schiebetür nach draußen stürzte und sie laut zischend verjagte. Joe hörte nicht auf zu lächeln, er drehte sich langsam und anmutig nach links und rechts, ging in die Knie, die Arme immer in einem weiten Kreis gespannt, und wir versuchten, es ihm gleichzutun. Leichte Befangenheit grundierte unsere ungeschickten Bewegungen, wir waren zu schnell und zu eckig, nur das Mädchen machte es sehr gut und wusste das auch, sie spähte nach links und rechts, ob wir ihr auch zuschauten, geschmeidig drehte sie sich, führte eine Hand durch die Luft, setzte den Fuß langsam auf den Boden. Auch Joe war sie schon aufgefallen, er lächelte ihr zu, während die Katzen hinter ihm auseinanderstoben und sich an den Wänden entlangdrückten. Wir wollten alle von Joe angelächelt werden, wir gaben uns noch mehr Mühe, wurden langsamer, gingen in die Knie, die T-Shirts wurden schon feucht.

Ich drehte mich zu Vater um. Er stand schräg hinter mir, und ich hoffte, dass er eine gute Figur machte. Aber ich hätte mir keine Gedanken machen müssen, aufrecht stand er da, bewegte sich kaum, sein Gesicht mit den geschlossenen Augen und der hohen, zerfurchten Stirn war ernst und erhaben und passte sehr gut.

Joe ließ den Blick schweifen, bis er nach einer Weile sagte, ihr strengt euch zu sehr an, liebe Gäste, es ist ein Tanz. Das Mädchen nickte ihm zu, als hätte sie eine besondere Einsicht und sei vor uns allen erwählt, diesen Tanz zu erlernen. Wir merkten plötzlich, dass wir von winzigen Stechmücken umgeben waren, die sich auf unseren Waden und im Nacken festsaugten. Einer fing an, sie wegzuschlagen, und plötzlich wedelten alle durch die Luft und klatsch-

21

ten sich auf die Arme, und Joe schüttelte kaum merklich den Kopf. Ich wusste, dass sie Vater nicht stechen würden, er hat kein süßes Blut. Der Reiseleiter war drinnen geblieben, in der klimatisierten Kühle ging er mit einem Glas Tee in der Hand bedächtig auf und ab, bis wir unseren ersten Kontakt mit Kirthan hinter uns gebracht hatten und übersät mit winzigen roten Stichen und verschwitzt wieder in die Halle strömten, Joe und das Mädchen, das ihm Fragen zu den Bewegungsabläufen stellte, als Letzte.

Doch, sagte das Paar aus Essen, etwas ist in Gang gekommen.

Eine Art warmer Fluss.

Nein, ein warmer Strom, der durch den ganzen Körper fließt.

Ich finde, eher ein kühler Strom, unterbrach der Herr in Weiß, der ein Einzelzimmer hatte, eher erfrischend.

Und warum sind Sie dann so verschwitzt?

Ich mache seit Jahren Schattenboxen, mich strengt es nicht an, sondern belebt mich.

Aber Sie haben sich doch eben genauso blöd angestellt wie wir alle.

Wir lachten. Auch der Herr lachte, und sogar das Mädchen lächelte, natürlich wusste es, dass es jünger und schöner war als wir anderen, Anmut in jeder Bewegung, gepaart mit rührender Tapsigkeit. Vielleicht ließe sich herausfinden, warum sie nicht mit ihrem Liebhaber und einem großen Rucksack durch Kirthan trampte. Ebenso würde zu erfahren sein, was es mit den weißen Jacketts und Schlaghosen des Herrn auf sich hatte. Es war nicht wichtig, und danach würde ich es wieder vergessen, und dennoch würden wir Geschichten übereinander erzählen, während wir hier waren. Nime erzählte uns von Kirthan, und wir erzählten uns von uns selbst in Kirthan.

Es kommt nicht darauf an, wer besser ist, sagte Joe in einem leicht tadelnden Ton, Schattenboxen ist ein Weg, den man einschlagen kann.

Nun, ich habe ihn bereits eingeschlagen, erklärte der Herr in Weiß feierlich.

Was ist mit den Katzen, warum hat man sie verscheucht, und wer sorgt für sie?

Man sollte es drinnen machen, da arbeitet die Klimaanlage!

Das Mädchen schaute von einem zum anderen, kratzte sich gedankenverloren die Waden und wartete ab, bis sich die Lage wieder beruhigt hatte. Ich beugte mich über Vaters linken Oberarm, wo eine saftige Quaddel sich aus der knittrigen Haut hervorwölbte.

Der Reiseleiter, der im richtigen Moment in unsere Mitte trat, erklärte sachlich, die Mücken seien harmlos, die Katzen aber in Kirthan Seuchenträger (nicht anfassen), und klopfte Joe auf die Schulter, lobte sein meisterhaftes Schattenboxen und das großartige Deutsch, fast so gut wie sein eigenes. Wir klatschten, nahmen die kleinen Trinkflaschen in Empfang, die Nime uns austeilte, und folgten ihm zu unserem kleinen, frisch gewaschenen Bus, der uns in unseren ersten Tag hineinfahren würde.

Draußen vor dem Hotel, keine zehn Meter von der Einfahrt entfernt, hockten Händler auf kleinen Decken. Sie schlugen gegen Töpfe oder Schüsseln, damit wir zu ihnen hinüberschauten, und winkten uns zu sich.

Gehen Sie nicht darauf ein, seufzte Nime, wir werden diese Leute überall sehen, sie kommen vom Land und wollen Gewinn machen, es sind Gauner, die jeden übers Ohr hauen. Seine Stimme war weich, als wolle er die Warnung etwas abmildern.

Auf dem Land herrscht in Kirthan große Armut, nicht wahr? Wie in den anderen Provinzen auch, man liest es überall. Der Lokalpolitiker musterte Nime, als wolle er ihn prüfen.

Nime schaute zur Seite, hinüber zu den winkenden Händlern auf ihren Decken; sie hatten schmale Gesichter, raue, gebräunte Haut und weite, kittelähnliche Hemden. Er zuckte die Schultern, antwortete aber nicht. Wir sahen, wie sie dasaßen zwischen aufgeschichteten Wassermelonen und eingeschweißten Handtaschen, und obwohl wir gewarnt waren, schlenderten einige von uns zu ihnen hinüber und fragten nach den Preisen. Nime schüttelte den Kopf, aber er ließ uns gewähren. Auch Vater zückte seine Geldbörse und reichte mir einen Schein, gib du ihnen das.

Das hilft ihnen doch nicht, seufzte ich, Vater, das weißt du.

Natürlich hilft es ihnen. Heute hilft es ihnen.

Die anderen mischten sich ein.

Ja, auf dem Land haben sie gar nichts, das weiß man ja.

Alles eine Frage der Politik.

Weiß ich.

In diesem Land muss niemand verhungern.

Die brauchen kein Mitleid, die haben doch ihr Leben gut im Griff.

Kann man ohne Geld sein Leben gut im Griff haben?

Jedenfalls habe ich denen ein Stück Wassermelone abgekauft.

Nicht essen, rief Nime, da können Keime dran sein, Sie

24

sollten von den Leuten nur Heißgekochtes kaufen. Jetzt war er sich seiner Sache wieder sicher, das hörte man.

Dagmar ließ erschrocken die Melonenschnitte sinken, die sie schon zum Mund geführt hatte.

Ja, soll ich das jetzt wegschmeißen?

Während wir in den Bus stiegen, stand sie unentschlossen herum und überlegte, was sie mit der Melone tun sollte.

Kommen Sie dann auch?

Da drückte sie Joe das Stück in die Hand, vielleicht hielt sie ihn für resistent, jedenfalls schien er sich sogar zu freuen und biss gleich hinein, dass der Saft spritzte.

Der Reiseleiter schüttelte unmerklich den Kopf, griff aber nicht ein. Endlich sicher im Bus, saßen wir wieder geordnet nach Paaren, Vater und ich (nur der weiße Herr und das Mädchen allein), gut verglast und gefedert, getragen von der leisen, flüssigen Stimme des Reiseleiters und dem Rauschen der Klimaanlage, und der Jetlag umhüllte uns, beschlug die Scheiben, bis wir alle einschliefen und das grell ausgeleuchtete morgendliche Kirthan spurlos an uns vorbeizog, während Nime über uns wachte und Joe Wassermelone kaute und leise über den Verkehr fluchte.

Irgendwann schreckten wir hoch, als Nime uns mit ein paar wohlformulierten Informationen auf die Tempelanlage vorbereitete, die wir gleich besichtigen würden.

Hast du auch geschlafen, fragte ich Vater. Er rieb sich die Stelle an der Nase, wo die Brille kleine rote Abdrücke hinterließ, und sah mich fremd an.

Um uns herum kamen erste Gespräche in Gang. Nur der weiße Herr schwieg und schaute aus dem Fenster, und das Mädchen hatte Stöpsel im Ohr.

In Kassel, sagte Dagmar, leben viele von hier, diese irre

scharfen Gerichte in den Restaurants, Sie wissen ja, Kirthan hat die schärfsten Gewürze, schärfer noch als anderswo im Land.

Genau, fiel der norddeutsche Lokalpolitiker ein, und die kleinen Restaurants expandierten sehr schnell, ob ihr das schon aufgefallen sei, das liege am Fleiß und an der Geschäftstüchtigkeit der Leute, wie ja überhaupt diese Wirtschaftskraft noch die Welt umkrempeln werde, und er heiße Horst. Das Paar aus Essen blieb schüchtern, und die Ärzte waren mit Fotografieren beschäftigt, sie hatten gewaltige Kameras mit raffinierten Objektiven, mit denen sie Kirthan dokumentieren würden, und zwar schonungslos, nicht nur die malerischen Seiten, erklärte der junge Arzt, im Land herrsche eben das Regime, auch in Kirthan, das müsse man mal so deutlich sagen, das könne man nicht immerzu verschweigen, und auf den Bildern könne man nicht nur Hochglanzschönheit zeigen, die wir bisher übrigens noch nirgends entdeckt hätten, man müsse es ja den Leuten von hier, diesem Joe zum Beispiel, nicht gleich unter die Nase reiben, aber die Bilder sprächen für sich, und er lasse sich in der Hinsicht nicht bestechen.

Nime drehte sich um und musterte uns, aber er sagte nichts. Die laute, empörte Stimme des Arztes störte mich, wir wussten alle, wie es im Land zuging, und nur weil er recht hatte, brauchte er nicht hier herumzutönen. Aber Nime schien gar nichts gegen die kleine Ansprache einzuwenden zu haben. Ruhig schaute er uns in die Gesichter und dann wieder aus dem Fenster.

Ich wusste, dass mein Vater diesen Gesprächen nicht folgte, er fand sie belanglos, oder er nahm sie gar nicht wahr, und wenn ich ihm später die Zusammenhänge schilderte, damit er sich nicht ausgeschlossen fühlte, winkte er ab.

Ich muss das nicht hören.

Aber man sieht doch nur, was man sehen will, rief auf einmal die Dame hinter uns, die einen Zeichenblock auf den Knien hielt.

Da schien Nime sich wieder zu besinnen, was er zu sagen hatte. Warten Sie doch einfach ab, warten Sie, bis wir am Tempel der Ewigen Freundlichkeit sind, und es wird Sie überwältigen.

Das sei es ja eben, murmelte der Arzt, überwältigen wolle er sich nicht lassen, das sei dieser Überwältigungsgedanke, auch Diktaturen arbeiteten damit, er aber wolle hinschauen, dafür sei er hier. Horst ermutigte das junge Paar, einen kritischen Blick auf Kirthan zu werfen, und sie fingen auch gleich damit an und fotografierten aus dem getönten Fenster des Busses die Wohntürme links und rechts der über- und untereinander geführten Schnellstraßen, endlos hintereinander gestaffelte zwanzig- oder dreißigstöckige Betonquader, an den Hauswänden Trauben von Satellitenschüsseln, Wäscheleinen um die winzigen Balkone gerankt, während Nime starr geradeaus blickte und beharrlich gegen diese Ödnis anredete, von der Schönheit des Tempels der Ewigen Freundlichkeit schwärmte, der Bedeutung der Symbole an der Fassade, den Götterfiguren in den Nebentrakten, den Farben der Dachschindeln.

Gelegentlich schüttelte Vater kaum merklich den Kopf. Vielleicht war eine Jahreszahl falsch oder ein Symbol nicht korrekt erklärt, er würde sich jedoch nie zu Wort melden, wie wir das auch schon in anderen Gruppen erlebt hatten.

Er schwieg, aber das Wissen in seinem Körper gab keine Ruhe, und er seufzte leise oder knetete seine Finger. Früher störte mich das, ich fand es maßlos, aber inzwischen habe ich begriffen, dass er damit nichts beabsichtigt und niemandem schadet; seine Gelehrsamkeit bahnt sich eben ihren Weg.

Nime schien davon nichts zu merken. Er saß angespannt neben Joe und hielt sich, während er weiterredete, sehr gerade; beinahe hätte er es geschafft, uns in die Tempelgeschichte hineinzuziehen, wenn da nicht der junge Arzt mit seiner Kamera gewesen wäre, der nachhaltig empört fortwährend auf den Auslöser drückte.

Da verlangte Joe das Mikrofon, und wir lehnten uns wieder zurück, während er Lars, dem Arzt, einen Strich durch die Rechnung machte.

Dies ist die Neustadt, rief er, jeder will hier wohnen. Leises Murmeln unter uns, Lars ließ die Kamera sinken. Alles neu, sagte Joe, die Wohnungen haben Toiletten und kleine Küchen, verstehen Sie, das ist fantastisch, man kann für sich sein, die Familien fühlen sich wohl, sehr wohl hier, sie müssen ihre Kinder nicht mehr auf die zugigen Gänge schicken zum Waschen so wie früher, ach was, so wie vor zehn Jahren noch, also will jeder hier wohnen, verstehen Sie.

Das verstanden wir natürlich, auch wenn Horst dazwischenrief, was denn mit den dörflichen Gemeinschaften sei, die seien ja aufgelöst in solchen Wohnsilos, und sozialpolitisch gedacht fördere diese Modernisierung doch die Vereinsamung, da gebe es ja wohl keinen Zweifel.

Noch einmal schüttelte Nime den Kopf, und sofort wurde klar, dass wieder ein Fehler begangen worden war:

Horst hätte nicht dazwischenrufen dürfen, hierzulande unterbricht man den Redner nicht, und wenn, dann mit Applaus. Mein Vertrauen in Nime wuchs.

Er weiß, was er tut, sagte ich leise zu Vater, der zog die Augenbrauen hoch.

Er scheint mir aber doch den ein oder anderen falschen Zusammenhang herzustellen.

Du nimmst es schon sehr genau, flüsterte ich, nun sei doch etwas gnädiger.

Du weißt, wofür wir bezahlt haben, sagte Vater und gab sich kaum Mühe, leise zu sprechen.

Joe blieb gelassen, er lächelte ins Mikrofon, Gemeinschaft ist wunderbar, aber Sie verstehen, ein Klo ist noch wunderbarer.

Auch bei uns gibt es ja Schlafstädte, warf Dagmar ein und erzählte von einem Jungen in ihrer ehemaligen Klasse, der mitten aus dem sozialen Brennpunkt kam und trotzdem sehr begabt war. Sie hatte es nicht verstanden: dass die Wohnblocks eben keine Brennpunkte waren, sondern Orte der Sehnsucht, und dass wir es nie begreifen würden.

Allmählich wurde es Zeit, dass wir etwas Schönes zu Gesicht bekamen, ich wünschte es uns allen, aber vor allem Vater mit seiner wachsenden Ungeduld. Vor uns öffnete Doris ihr Bleistiftkästchen und suchte den spitzesten heraus.

Früher dachte ich, Reisen sei eine Form der Hypnose. Wenn ich nur lange genug auf eine Fassade, eine Brücke, in ein Gesicht starrte, würde sich die Oberfläche abschälen, und darunter träte die eigentliche Substanz zutage. Deswegen habe ich auf Reisen viel Zeit damit verbracht, herumzusitzen und mit meinem Blick die Oberflächen abzutasten.

Vielleicht zeichnet Doris deswegen ständig, dachte ich, es ist nur ein Vorwand, um die Dinge unverwandt anzuschauen.

Auf dem Parkplatz des Tempels mussten wir uns mit einem Funksystem vernetzen, das der Reiseleiter jedem persönlich in die Ohren steckte, mit einer taktvollen raschen Bewegung strich er uns die Haare zur Seite und setzte die Ohrstöpsel ein. Dann nickte er uns zu und ging zügig voran. Wir drängten hinter ihm her durch die Absperrungen. Weit hinten leuchtete der Tempel der Ewigen Freundlichkeit mit seinen azurblauen Dächern, für die er berühmt ist, umspült von einer Menschenflut, die über die Wege quoll, uns gleich aufnahm und auseinanderriss. Nimes Stimme im Ohr, der uns dirigierte und zugleich erklärte, was wir sahen, ließen wir uns voranschieben. Er hatte nun auch ein Fähnchen mit dem Logo der Reisefirma ausgeklappt und reckte es weit vorne in die Luft, wir hefteten unsere Augen darauf und versuchten, schneller zu gehen, aber die Menschen um uns herum wichen nicht, im Gegenteil blieben manche stehen und drehten sich zu uns um, einige zeigten auf uns. Schon waren wir auf unzähligen Handys festgehalten, Schulklassen in Matrosenanzügen zupften an unseren Windjacken, manche wollten uns die Hand schütteln, und der Reiseleiter tönte in unseren Köpfen.

Kommen Sie weiter, halten Sie sich an die Fahne, wir müssen zusammenbleiben.

Vater fiel zurück, er bemühte sich zwar, das Tempo zu halten, und ich drängte ihn sanft voran, indem ich den Druck auf seinen Unterarm erhöhte, aber sein Atem ging flach, und ich wusste, dass ich es nicht übertreiben durfte.

An den Absperrungen standen Soldaten, vielleicht auch Polizisten, sie trugen olivfarbene Uniformen und schauten unbewegt in die Menge.

Wir werden beobachtet, rief Lars und hob die Kamera vors Auge, da schritt auch schon einer der Männer auf ihn zu und herrschte ihn an.

Sorry, rief Lars, und zugleich winkte er uns triumphierend, damit wir sahen, wie man hier mit der Freiheit umsprang. Kurz vor dem Portal des Tempels bildete sich eine Traube um den Reiseleiter.

Hier erleben Sie zum ersten Mal, wie viele wir sind, lachte Nime, der ausgeruht wirkte, während die meisten von uns schon Schweißflecken auf dem Rücken und im Schritt hatten. Zu groß die Angst, verloren zu gehen, wir könnten allein hier nicht bestehen, zwar hatten wir kleine Visitenkarten des Hotels in der Tasche, aber wo waren Taxis, mit welchem Geld sollten wir bezahlen, und wo war überhaupt der Ausgang?

Bevölkerungsdichte ist untertrieben, murmelte Lars. Warum die Kinder Matrosenanzüge trügen, wollte Dagmar wissen, diese Uniformiertheit sei ja auch eine Form der Gleichmachung, und was mit den Kindern sei, die sich die Anzüge nicht leisten können.

Aber Nime ließ sich in keine Debatte verwickeln. Seine Aufgabe war, so erklärte ich es mir, uns in eine Stimmung der Andacht und Freude zu versetzen, und er tat, was von ihm verlangt wurde. Ich musterte Vaters Gesicht, um zu sehen, ob ich darin Freude lesen konnte. Es ist schwer, sich in seinem Gesicht auszukennen, in all den Jahren bin ich nicht sehr gut darin geworden, die feinen Hinweise zu suchen, die leicht gekräuselten Augenbrauen, das lautlose Räuspern, das seinen Adamsapfel auf und nieder schickt. Er ist wie eine alte Handschrift, mit weißen Handschuhen wende ich behutsam die Seiten, und manchmal finde ich etwas, das ich verstehe. Dann ließ ich meinen Blick hinüberwandern zu Nime, in dessen Gesicht keine Spur von Andacht zu sehen war, aber auch kein Widerwillen. Ruhig schaute er uns entgegen und bewegte kaum merklich die Lippen, vielleicht zählte er uns.

Im Pulk drängten wir uns durch das Portal, berührten die goldenen Dekorationen an den Toren, die sich wie große, glänzende Pickel siebenfach aus dem Holz wölbten, und niemand ging vorbei, ohne sie nacheinander anzufassen und sich dabei fotografieren zu lassen, sodass es zu einem wilden Gedränge kam und Nime uns weiter vorantrieb, bis wir endlich auf den weiten Vorplatz gelangten, der den Tempel halbmondförmig umschloss. Wir blieben stehen, eingeschüchtert von der kilometerweiten Anordnung der Mauern und Pfeiler, die sich vor uns ausdehnte, gekrönt von den im faden Licht des bedeckten Himmels schimmernden blauen Dächern. Doris versuchte, im Stehen ein paar Striche auf ihren Zeichenblock zu werfen, und wurde sofort umringt von Zuschauern, die sie beglückwünschten und die Daumen begeistert nach oben reckten. Schüchtern klappte sie den Block zu und schloss auf, wir ließen uns die weit geschwungenen Treppen hinauftreiben, die auch der Kaiser damals mit seinem Hofstaat hochgestiegen war, wie Nime uns raunend erzählte.

Vater hantierte mit seinem Ohrstöpsel und wollte stehen bleiben, aber wir mussten aufschließen, auch wenn die Treppenstufen ihn zum Keuchen brachten.

Als ich vor Jahren zum ersten Mal seinen pfeifenden

Atem hörte, geriet ich in helle Aufregung. Wir liefen gemächlich auf einem gewundenen Weg zu einer Burg, die Steigung war kaum spürbar, aber Vater setzte immer langsamer einen Fuß vor den anderen, schwankte leicht, als müsse er auf einem Seil balancieren, und keuchte. Ich herrschte ihn an, ich wollte ihn zügigen Schrittes bergauf wandern sehen so wie immer, keinesfalls sollte er keuchen und nachlassen. Ich war eine unerbittliche Gegnerin des Alters. Seit diesem Spaziergang lauerte ich auf Zeichen der Schwäche und argumentierte sie weg. Wenn er am Telefon leise sprach, tadelte ich ihn; bei meinen Besuchen achtete ich auf seine Kleidung und seinen Gang, verbot ihm zu schlurfen, und vor allem Vergesslichkeit ließ ich ihm nicht durchgehen. Vater wehrte sich nicht, dazu ist er zu höflich. Er blieb still, hielt sich aufrecht und hatte es im Griff, so drückte er sich aus. Ich habe es im Griff, sagte er freundlich und ein wenig spöttisch, als hätte ich keine Ahnung, was ich ihm abverlangte. Seitdem wir zusammen reisen, bin ich gnädiger mit ihm. Ich sehe, wie er altert, aber auch ich altere, und die Reisen sind Bewährungsproben, die wir bisher alle einwandfrei gemeistert haben. In den letzten Jahren waren wir in Kanada, Spanien, Schottland und Tasmanien. Solange er es durch diese Stadt schafft, ist alles in bester Ordnung.

Nime hatte nun die Stimme eines Märchenerzählers, flüsterte von Kurtisanen und Erntetagen, Verbrennungen und Himmelsrichtungen und dem Mittelpunkt der Welt, der seit tausend Jahren mitten im Tempel ruht. Wir lauschten mit halb geschlossenen Augen, hier war sie, die erhabene Schönheit von Kirthan, hier und nicht auf den verstopften

Straßen und in den Betonsiedlungen, und den Mittelpunkt der Welt würden wir uns nicht entgehen lassen. Nur Vater beugte sich währenddessen über seine Kamera, hantierte mit der Filmspule und fingerte einen neuen Schwarz-Weiß-Film aus einer der Kapseln, die er immer in seiner schmalen Umhängetasche mit sich führte.

Zwischen den Säulen des inneren Tempels glänzte ein von Millionen Händen gerundeter Stein, eingefasst von siebenfachen, geometrisch gelegten Fliesen, und jeder einzelne Besucher stellte sich in eine endlose Schlange, bis er selbst an der Reihe war, den Mittelpunkt der Welt zu berühren. Man muss herantreten, die Augen schließen und eine Hand auf die speckige Oberfläche des Steins legen. Dann eine Weile innehalten, sich von ewiger Freundlichkeit durchströmen lassen, umdrehen und Foto.

Die Leute beherrschten diesen Augenblick, als hätten sie dafür geprobt. Sie warteten geduldig, dann, mit stillen Gesichtern, machten sie die zwei, drei Schritte, langsam, wie eine Gipfelbesteigung oder einen Gang zum Beichtstuhl, und mit der Berührung sackten sie ein wenig in sich zusammen, als sickere etwas ein in sie, das sie veränderte und neu zusammensetzte. Dann eine rasche, gewandte Drehung zum Publikum, die Reisegruppen applaudierten, Blitzlicht flackerte auf, der Nächste bitte.

Als wir an der Reihe waren, zitterte mir unvermutet eine Art Lampenfieber in den Knien, hier wurde etwas aufgeführt, das wir nicht verstanden, und wir spielten mit, ohne die Spielregeln zu kennen, wie Abendmahl für Ungetaufte, man kann es machen, aber es hat etwas Verbotenes. Einer nach dem anderen trat nach vorne, Lars, der seine Kamera weggepackt hatte, Hand in Hand mit Katja, Dagmar, die

34

nicht aufhörte zu lächeln, der weiße Herr sehr aufrecht, Horst und Brigitta mit einem ironischen Schmunzeln auf den Lippen, Vater mit gerunzelter Stirn, als müsse er nachdenken, zuletzt das Mädchen. Langsam schlenderte sie hinüber zum Stein, Hände in den Taschen, aber dann ging sie plötzlich in die Knie, umfasste den Stein mit beiden Armen und legte die Stirn darauf. Ein Raunen ging durch die wartende Menge. Im Hintergrund schüttelte Nime wieder verhalten den Kopf, und ich überlegte kurz, was ihm missfallen könnte. Vielleicht war es ein tieferes Unbehagen, aber ich konnte ja nicht fragen, und die Leute waren hingerissen, sie schossen ein Foto nach dem anderen, das Mädchen versunken an den Stein geschmiegt, der Mittelpunkt der Welt gehörte ihr.

An die Viren darf man nicht denken, flüsterte Dagmar und wischte sich gleich die Finger mit Feuchttüchern ab. Bis Nime uns wieder versammelt hatte, dauerte es diesmal, er nötigte uns, Wasser zu trinken, nicht zu sehr über das Erlebnis nachzudenken, sondern es auf uns wirken zu lassen, er wolle es auch nicht zerreden, stattdessen lieber unseren Blick auf die Dachkonstruktion lenken und dann hinüber zum Wohntrakt der Konkubinen, mit denen der Kaiser in freier Liebe zusammengelebt habe, und zwar friedvoll und erfüllt und mit zahlreichen Nachkommen gesegnet, und er sei für alle seine Kinder aufgekommen, nur Kaiser werden durften sie nicht, aber das sei ja vielleicht auch eher ein Fluch als ein Segen.

Vater las, während Nime sprach, in seinem Führer, ein unhöflicher Akt, aber als ich ihm das ins Ohr flüsterte, schüttelte er unwillig den Kopf, daran hatte er gar nicht gedacht. Er nutzte eben alle Quellen, die er kriegen konnte, gleichzeitig, so wie es alle um uns herum auch taten, die zugleich laut redeten, auf ihre Handys starrten und fotografierten, nur Nime hatte keine Quellen außer sich selbst.

Am Ausgang verteilten wir uns auf die Toiletten, kleine, blank gewienerte Kabinen, deren lähmender, verpesteter Gestank uns überraschte, weil alles glänzend und desinfiziert aussah, es gab auch keine Klobrillen, wir pinkelten direkt in die Löcher, eine saubere Regelung, die geruchsfrei funktionieren könnte, bis wir eines der Mülleimerchen öffneten und darin das verklebte Klopapier Tausender Besucher wiederfanden, das vor sich hin faulte und uns giftig entgegenstank. Nime schien keine Bedürfnisse dieser Art zu haben, er trank nichts und wartete vor den Ausgängen neben einem der goldlackierten Drachen, die hier jedes Tor flankieren, zählte die Anzahl der goldenen Stirnlocken (sieben), die Länge der Bodenplatten (sieben Fuß) und schließlich uns: Jemand fehlte.

Es war Doris, die Zeichnerin. Ihr Mann hatte sie aus den Augen verloren und wippte nun besorgt auf den Zehenspitzen, der Reiseleiter funkte sie über das Mikro an, und wir übernahmen die Fahne und ließen sie hoch über unseren Köpfen wehen, damit das verlorene Schaf zu uns zurückkehren konnte. Mit wohligem Schauder wurden Schreckensszenarien ausgemalt: Was, wenn sie in die falsche Richtung gegangen war, sich der falschen Gruppe angeschlossen hatte, in eine Ecke gedrängt und ausgeraubt, mitgezerrt und entführt worden war.

Horst wurde ungeduldig.

Blödsinn, fuhr er dazwischen, hört schon auf mit diesem Unsinn, wir sind nicht in Afghanistan, und das Schlimmste, was hier passieren kann, ist, dass wir Durchfall bekommen.

Und was ist mit Tsunamis, rief Brigitta dazwischen, die gibt es hier ständig. So schnell ließ sie sich die Gefahren des Reisens nicht ausreden, sie war ja nicht zur Erholung hier, sonst hätte sie eine Kreuzfahrt im Mittelmeer gebucht.

Die Welt ist ein einziges Krisengebiet, sagte Nime besänftigend, aber Kirthan gehört zu den sichersten Reisezielen, die wir anbieten, das wissen Sie, hier gibt es keine Krisen. Ich beobachtete ihn genau, er sprach mit ruhiger Stimme, nicht anders als sonst, ich weiß nicht, was ich erwartet hatte.

Horst schnaubte.

Sie brauchen uns nicht in Watte zu packen, mischte sich Lars ein, wir sind hier, um Erfahrungen zu machen, und dazu gehört auch die Irritation.

Der Reiseleiter seufzte, als hätte er diesen Einwand schon hundertmal gehört. Er ließ uns bei der Fahne und ging gegen den Strom ein Stück zurück, um Doris zu suchen. Über die Ohrstöpsel hörten wir seine dringlichen Aufrufe.

Doris, bitte halten Sie sich rechts, ich bewege mich auf Sie zu.

Es klang wie eine Drohung.

Vielleicht will Doris nur einen Augenblick lang in Ruhe zeichnen, vermutete Vater, der früher auf Reisen auch gezeichnet hatte, vor allem Gebäude und Landschaften, mit einem eleganten Strich, den wir Kinder nachahmten, er schenkte uns schwarz eingebundene kleine Blöcke, in denen wir üben konnten.

In die Gruppe kam Bewegung.

Wir hetzen hier durch, es bleibt ja kaum Zeit, mal das Ganze auf sich wirken zu lassen.

Das Programm ist zu dicht, das habe ich gleich gesagt, fast hätten wir deswegen nicht gebucht.

Er treibt uns an wie eine Schulklasse, ich meine, wir sind doch keine Schulkinder mehr.

Muße gehört zum Reisen.

Horst ging dazwischen.

Bitte, jetzt aber keine schlechte Stimmung verbreiten. Das müsst ihr ihm direkt sagen. Solche Konflikte müssen transparent ausgetragen werden. Sonst leidet das Gemeinwesen.

Transparent? Lars lachte. Ist die Reiseleitung etwa transparent in ihren Entscheidungen?

Das Mädchen legte sich die Hände auf die Ohren. Die Verbindung zu Nime war unterbrochen, wir hörten nur noch ein leises Rauschen. Um uns herum fädelten sich ständig Menschen durch die Drehkreuze und Laserschranken am Ausgang. Manche winkten uns zu, andere machten Fotos. Der weiße Herr hielt die Arme vor das Gesicht. Lars schoss einfach zurück. Es war heiß unter dem grauen Himmel, die Wasserflaschen längst ausgetrunken. Für wenig Geld gab es an den kleinen Blechwagen und Ständen, die die Händler auch hier wieder aufgebaut hatten, Nachschub, aber keiner rührte sich vom Fleck.

Da standen sie auf einmal mitten unter uns, Doris lachend, verschwitzt und mit roten Flecken auf den Wangenknochen, sie blätterte durch ihren Block und hielt eine komplizierte Zeichnung von einer Dachkonstruktion hoch, und Nime hatte zu seiner Gelassenheit zurückgefunden und scherzte freundlich über die verträumten Künstler. Vater, der sich bisher noch nicht für Doris interessiert

38

hatte, bat darum, einen Blick auf den Block werfen zu können. Er nickte ihr zu, und sie errötete.

Erschöpft pressten wir uns durch die Drehkreuze und ließen uns vom Reiseleiter durch den Park der Ewigen Freundlichkeit dirigieren, der sich hinter dem Tempel erstreckte. Sofort vergaßen wir die Heiligkeit der erhabenen Mauern. Keine fünfhundert Meter entfernt vom Mittelpunkt der Welt hockten hier scharenweise Menschen und taten das, was sie in ihren winzigen Wohnungen nicht durften. Sie beugten sich über Spielbretter und brüllten sich zu, heftig rauchend gestikulierten sie über den Spielzügen. Eine winzige alte Frau warf uns einen schwarzen Zigarillostummel vor die Füße. Eine Ecke weiter hatten schrill gewandete Damen einen alten Kassettenrekorder in Gang gebracht und tanzten dazu in einer schrägen Choreografie. Überall standen Thermoskannen und Glasflaschen, bis zum Rand gefüllt mit Teeblättern und Ingwerscheiben. Auf den betonierten Wegen hatten sich alte Männer Sofakissen ausgebreitet und hockten im Kreis um ein Spiel mit Kugeln und Hütchen. Neben einem prächtig bepflanzten Zierblumenbeet thronte ein berittener Polizist auf einem riesigen, unruhig trippelnden Pferd und hatte alles im Blick.

Doris wollte gleich wieder zeichnen, aber ihr Mann zog sie weiter. Wie Eindringlinge spähten wir über Schultern und fotografierten die kauenden Gesichter und die flatternden Hände der Tänzerinnen. Niemand schaute uns an, niemand wollte uns etwas verkaufen, es war fast so, als gäbe es uns gar nicht.

Als der Reiseleiter uns über Umwege zum Bus auf den großen Parkplatz zurückbrachte, wo eine Brandung von

Menschen toste, merkten wir: Der Park war eine besondere Geschichte gewesen, die nicht auf der Agenda gestanden hatte, Nime hatte sie sich ausgedacht, und das war sein Risiko und für uns ein Geschenk.

Abends brachte ich Vater früh aufs Zimmer. Beim Essen war er still gewesen, und ich hatte für uns beide in alle Richtungen geplaudert, dafür war ich auf unseren Reisen zuständig. Es fiel mir nicht leicht, aber ich wollte die Spielregeln nicht brechen; später, wenn die Reise vorüber wäre, könnte ich zu Hause schweigen. Während ich mit Lars und Horst über Zensur diskutierte und Vater seine süßlich duftenden Pfannkuchen mit Messer und Gabel sorgfältig zerteilte, musste ich an den Mittelpunkt der Welt denken, den glatt gestreichelten Stein und die Andacht seiner Verehrer, und wünschte mir auch einen Mittelpunkt, etwas, das ich berühren konnte und das selbst nach dreitausend Jahren und unendlich vielen Umarmungen immer noch dort stünde, wo es immer war.

Im Zimmer suchten wir gemeinsam nach dem Lichtschalter, der im gleichen Farbton wie die Tapete und an ungewohnter Stelle angebracht war. Vater setzte sich mit einem leisen Seufzer auf das Doppelbett.

Fandest du den Tag schön, fragte ich vorsichtig.

Lohnend, sagte er, durchaus. Aber ich hätte einiges hinzuzufügen.

Vor den dreifach verglasten Fenstern meines Zimmers lag frühmorgens der Smog von Kirthan. Ich stand auf und stellte mich dicht an die Scheiben. Von hier oben sah man das durchgeplante Raster der Straßen und die bizarren

Türme des Finanzdistriktes. Dort musste auch der Tempel der Ewigen Freundlichkeit liegen, aber ich konnte ihn nicht erkennen. Ich hatte die unterkühlten Träume noch im Kopf, die sich mit den Gedanken um Vater zu einem verworrenen Gebilde kristallisiert hatten, um das ich im Schlaf herumgegangen war, bis meine Beine schwer wurden. Ich sehe diese Reisen inzwischen nicht mehr als Urlaub, das ist vorbei; wir arbeiten uns durch.

Ich klopfte an Vaters Zimmer. Zuerst blieb alles still, und ein paar Sekunden lang beobachtete ich, wie die übliche Angst um Vater in mir aufstieg, und ich dachte: Irgendwann wird es so sein. In diesem Moment öffnete er und trat auf den Gang, ausgeschlafen und flinker als sonst. Er trug das gleiche Hemd wie am Tag zuvor, aber eine dunkelrote Krawatte darüber.

Als wir hinunterkamen, begegnete uns der weiße Herr, ein Frotteetuch um den Nacken geschlungen.

Schattenboxen, sagte er und nickte nach draußen, ich habe die ganze Reihe durchgemacht.

Welche Reihe?

Er winkte ab, so zwischen Tür und Angel wolle er das nicht erklären, Frühstück brauche er auch nicht, er verschwand im Fahrstuhl und stellte sich erst kurz vor der Abfahrt wieder zu uns, in einem weißen Hemd, das so frisch war, dass es an den Ärmeln knisterte. Ich weiß inzwischen, wie schwer es ist, auf Reisen die Form zu wahren. Auch Nime trug ein gebügeltes Polohemd unter seiner Weste und räusperte sich.

Heute bringt der Bus uns ins Zentrum der Macht. Sie müssen damit rechnen, dass wir beobachtet werden. Bitte bleiben Sie zusammen.

Wir drehten uns alle nach Doris um, die errötete, und lächelten. Ich merkte, dass ich mitlächelte und mich der Gruppe allmählich überließ, anstatt dauernd alle zu beobachten.

Jede Reise, gab Horst zu bedenken, sollte einen Blick hinter die Fassaden erlauben.

Aber wir werden nicht hinter die Fassaden schauen, Horst, der Präsident wird uns wohl kaum empfangen.

Ich meine, einen Einblick in die Strukturen, brummte Horst, versteht ihr, ich bin in dem Geschäft zu Hause, man kann eine Menge Rückschlüsse ziehen, wenn man genau hinschaut.

Das Mädchen verdrehte die Augen. Ihre störrische Langeweile war auf die Dauer anstrengend. Vater störte sich nicht daran, weil er nicht auf sie achtgab, aber mich ärgerte es, weil es mich an meinen eigenen Gehorsam erinnerte.

Während wir im Stau Richtung Zentrum der Macht standen, wies uns Joe immer wieder auf besonders ansehnliche Autos hin.

Diese Wagen sind Qualität, rief er ins Mikro, das ihm der Reiseleiter vors Gesicht hielt. Ich träume, so ein Auto zu besitzen. Das ist der Traum meines Lebens.

Ein Raunen ging durch den Bus. Als dächten wir, der Traum des Lebens sei im Grunde und letztendlich: Glückseligkeit und Frieden. So stand es ja auch im Reiseführer. Joe spürte unseren Unmut und holte aus.

Ich habe eine Tochter, hob er an, im gleichen raunenden Ton, den gestern auch Nime angeschlagen hatte. Sie ist ein Schatz für uns, wir haben ja nur eine, wie Sie wissen.

Gleich meldete sich Dagmar mit einer Zwischenfrage,

aber Joe übersah sie, er wollte jetzt seine Geschichte erzählen.

Als wir ihr einen Namen geben mussten, haben wir gut überlegt. Namen sind wichtig. Die Eltern rufen das Kind beim Namen, jeden Tag, und auf diesen Namen hört das Kind und richtet sein Leben danach ein, sein Herz spricht. Und wie haben wir die Tochter genannt?

Vorschläge schwirrten durch den Bus. Herzblatt, Goldschatz, Liebstes, The One and Only.

Nein, rief Joe triumphierend, gar nicht. Was hätte das Kind davon? Es weiß sowieso, wie sehr wir es lieben. Wir haben es Intelligenz genannt. Jeden Tag schlägt es die Augen auf und wird Intelligenz gerufen: Intelligenz, komm zum Frühstück! Intelligenz, zieh dir die Schuhe an. So wächst es auf, und so wird es werden. Es wird intelligent werden, und damit wird es vorankommen, das ist es, was zählt in der Welt, habe ich recht?

Wir murmelten zustimmend, nur Brigitta sagte leise, das arme Kind.

Joe rieb sich die Hände.

Mit Intelligenz wird sie im Kindergarten gut sein, lesen und schreiben, Geige lernen ganz leicht, im Schlaf lernen, immer gut lernen. Sie wird in eine gute Grundschule kommen, mit Intelligenz ist ihr Weg glatt, und sie ist geboren im Jahr der Ziege, ein gutes Jahr für Intelligenz.

Unbehagliche Zustimmung.

Da meldete sich der weiße Herr.

Im Schattenboxen, sagte er, kommt es nicht auf Intelligenz an. Sondern auf Konzentration.

Das ist das Gleiche, rief Joe, ganz genau das Gleiche. Dummheit und Schattenboxen: Feuer und Wasser. Intelligenz ist alles. Clever sein, klug sein, du musst wissen, was du tust, du musst den Körper lenken, Wille stärker als Knurren im Bauch und die Müdigkeit und stärker als Nebel im Kopf, versteht ihr.

Der weiße Herr starrte betroffen aus dem Fenster.

Ich denke, es geht um einen inneren Weg, murmelte er.

Joe hatte es gehört.

Ja genau, lobte er, um einen inneren Weg: zum Erfolg! Egal wie du hinkommst! Schattenboxen, Intelligenz, Konzentration, Ewige Freundlichkeit! Aber Intelligenz ist *best*.

Wo bleibt die Kindheit, murmelte Dagmar, man muss doch im Matsch spielen und dumm sein dürfen.

Ich wusste nicht, ob ich auch etwas sagen sollte, und überlegte, bis mir einfiel, dass unsere Ansichten keine Rolle spielten, in diesem Bus nicht, für Joe nicht und für niemanden sonst. Auch Nime schwieg. Aber Joe ließ nicht locker.

Welcher Matsch, Dagmar. In Kirthan gibt es keinen Matsch, jedenfalls nicht in der Stadt, jedenfalls nicht in der Innenstadt, und wie soll Intelligenz im Matsch spielen, wenn sie im vierzehnten Stock wohnt und morgens um sieben in den Kindergarten gebracht wird, erklärte Joe. Als ich klein war: Klo auf dem Gang, Mama krank, Oma und Opa und kranke Mama in einem Zimmer. Intelligenz wird anders leben, wird ein schnelles Auto haben, wird Gesundheit haben.

Abends, stellte ich mir vor, während wir in die Bar schlenderten, fuhr er nach Hause in seine Schlafstadt, hoch in den vierzehnten Stock, wo es in der kleinen Wohnung still war, er testete vielleicht den Wasserhahn in der winzigen Küche, der gestern noch kaputt war, und freute sich an dem Strahl, der in das blecherne Spülbecken schoss, er machte den Fernseher an, klappte sein Bett aus der Wand, streckte sich. Schlaf war kostbar, jeden Morgen musste er um fünf aufstehen, wenn seine Tochter noch schlief, um den Bus durch Kirthans Verkehrsströme rechtzeitig zum Hotel zu steuern, tagsüber gab es nur Nickerchen auf Parkplätzen mit der Mütze im Gesicht. Es gab nichts zu bemitleiden, er war stolz auf seinen Beruf und auf sein hervorragendes Deutsch, er verstand sich mit den Deutschen, er amüsierte sie, und wenn sie zu viel fragten, wusste er, was er zu antworten hatte. Immer fragten sie, ob er wirklich nur ein Kind haben dürfe. Dann lächelte er und sagte, ein Kind ist gut fürs Herz, zwei Kinder zu viel fürs Herz, sagen wir in Kirthan. Meine Intelligenz ist gut für mein Herz, und er presste beide Hände auf die Brust.

Was Nime dachte, war ihm nicht anzusehen. Ich hatte Joe vor Augen, aber Nimes Leben konnte ich mir nicht vorstellen – ob auch er ein Kind hatte und wie es hieß, ob jemand auf ihn wartete, wenn er von den Reisen zurückkam, ob er einen Schreibtisch hatte, an dem er saß und Bücher über sein eigenes Land las. Ob er immer schon all diese Geschichten kannte oder sie hatte lernen müssen. Ob er gerne bei uns war oder uns hasste.

Gesundheit hat doch mit Intelligenz nichts zu tun, sagte plötzlich Katja, die junge Ärztin, die bisher meistens geschwiegen hatte. Ich war überrascht von ihrer tiefen, etwas kratzigen Stimme.

O doch hat es damit zu tun, sagte Joe so laut, dass das Mikro quietschte, wer intelligent ist, hat Geld, wer Geld hat, hat Arzt und Medizin und ist gesund. So einfach. Und jetzt Stopp.

Passend zum Ende seiner Ansprache steuerte er den Bus auf den stacheldrahtumzäunten Parkplatz einer Fabrik.

Ist hier das Zentrum der Macht?

Bevor wir dorthin kommen, haben wir noch etwas Besonderes für Sie, sagte der Reiseleiter. Dies ist eine Perlenzucht; die Süßwasserperle stammt aus Kirthan, wussten Sie das? Wie übrigens auch der Sprengstoff, das Papier und der Asphalt.

Die Eingearbeiteten unter uns nickten, während sich die Bustüren schmatzend öffneten. Ich spürte, dass Vater neben mir ungeduldig wurde. Perlen waren ihm gleichgültig, er wollte die Geschichte verstehen, die großen Bögen, die Höhepunkte und Abstürze, mit Schmuck befasste er sich nicht.

Ich bleibe im Bus, sagte er und winkte ab. Ich zögerte kurz, ob ich ihm Gesellschaft leisten sollte, aber die Gruppe wartete schon, und ich fühlte mich verpflichtet, nichts auszulassen, ich erzähle dir dann später alles, Vater.

Möchte der Herr Vater im Bus bleiben, fragte Nime mich leise, als ich ausstieg, als handele es sich um eine Intimität.

Er interessiert sich nur für Kunst, erklärte ich.

Aber die Perlenzucht ist eine Kunst, sagte Nime. Ich musterte ihn scharf; ich wollte ihn dabei ertappen, wie er eine Pflicht erfüllte, an die er nicht glaubte, aber sein Gesicht blieb freundlich und ruhig, so wie immer, und ich musste ihm glauben, dass er die Perlenzucht verehrte.

Vor dem Eingang gähnten die üblichen zwei goldenen Drachen, und gleich dahinter erstreckten sich algige Becken, in denen schwarz verklumpt die Muscheln saßen. Die Verkäuferinnen standen, ein adrettes Empfangskomitee, aufgereiht in der Halle, die Hände vor der Brust zusammengelegt, um uns zu begrüßen. Ein Mädchen in weißem Kittel holte mit schnellem Griff Muscheln aus dem Salzwasser, legte sie auf ein Schneidebrett und stemmte mit einem Messer die verklebten Schalen auf. Wir standen um sie herum, beobachteten ihre feinen Hände, die schrundigen Schalen und das gelbliche Fleisch, in dem wie eingelagerte Pickel große schneeweiße Perlen schwammen. Wir durften uns jeder aus der schleimigen Masse eine Perle herausnehmen. Dann winkte die Verkäuferin uns in einen riesigen, geschickt abgedunkelten Verkaufsraum, der die Perlengeschmeide hinter Glas museal zum Glitzern brachte. Es gab gewaltige mehrreihige Halsketten, zarte goldeingefasste Armbänder, Manschettenknöpfe, kostbar verzierte Diademe, alles in milchigen Perlenglanz getaucht.

Das ein oder andere Stück durften wir herausheben und uns probeweise umlegen. Die Männer standen hinter den Frauen, bewunderten sie und dämpften aber auch den Überschwang, denn diese Perlen waren billig, aber nicht geschenkt, und in ihrem Glanz lag Künstlichkeit. Als wir doch das eine oder andere Kettchen in Tüten verpacken ließen, wurden wir belohnt. Die Verkäuferin winkte uns in einen hinteren Raum, der leer war bis auf einen großen gläsernen Quader. Darin ruhte, auf einem Meer aus blauer Seide, ein Schiff ganz aus Perlen, die Masten perlenbesetzt, der Bug eine einzige strahlende Rundung. Es sah aus, als sei es aus der Märchenwelt des alten Kirthan herübergesegelt und hier vorübergehend vor Anker gegangen.

So ein Kitsch, murmelte das Mädchen. Brigitta tippte ihr leicht auf die Schulter.

Gastgeber beschimpft man nicht, mahnte sie.

Das sind keine Gastgeber, das sind Geschäftemacher, fiel Horst ein, aber dagegen ist ja nichts zu sagen, auch hier kann man Schönheit zu Geld machen.

Gerade hier.

Aber es ist nicht schön, beharrte das Mädchen, es ist gruselig. Wer will sich so was denn ins Wohnzimmer stellen.

Ich, seufzte Dagmar, ich würde es sofort nehmen, wenn es in meinen Koffer passen würde.

Sie drehte sich noch ein paarmal um, als wir zurück zum Bus schlenderten, unsere Tütchen und die herausgeschnittene Perle in der Tasche, das ölige Fleisch, aus dem sie stammt, schon fast vergessen.

Das Zentrum der Macht kannten wir aus den Nachrichten und Magazinen, so oft schon gesehen, aber immer zu klein: der Platz Ohne Namen, ein Gelände von gewaltigen Ausmaßen, in nebliger Ferne der Präsidentenpalast, links und rechts die reich beflaggten Ministerien, alles umspült von einem Meer aus Bussen, aus denen sich scharenweise Besucher drängten, die gleich mit Geländern und Zäunen eng geführt und in einen zügigen Strom eingespeist wurden. Nime verkabelte uns, schärfte uns Zusammenhalt und Gelassenheit ein, gab uns, ohne die Miene zu verziehen, einen straffen Abriss der blutigen Geschichte und entließ uns in die rauschende Menge.

Es war wie der Sprung in einen kühlen See. Kurz tauchten wir unter, schüttelten uns, lernten zu schwimmen und fügten uns ein in das Tempo der Tausendschaften, trieben voran, in zügigen gelenkten Schleifen direkt auf den Platz. Nimes Fahne schwankte ein ganzes Stück vor uns, und als wir den Blick zu den turmhohen Flaggen mitten auf dem

Platz hoben, schauten wir direkt in eine Traube kleiner, rotierender Überwachungskameras.

Die gibt es bei uns auch, sagte Horst, nur besser versteckt. Das Mädchen hob die Hand und streckte den Mittelfinger in die Kameras.

Bist du völlig wahnsinnig, zischte Horst und riss ihren Arm herunter.

Fass mich nicht an, fauchte das Mädchen und drehte sich gleich wieder zu den Kameras. Diesmal schnitt sie eine Fratze. Wir sahen uns erschrocken um, dieser Platz war nicht der Ort, um Regeln zu brechen, aber um uns herum waren Tausende, wer sollte in diesem Gewühl ausgerechnet die kleine weiße Hand des Mädchens erkennen können. Dem Reiseleiter sagten wir nichts davon, er hatte genug damit zu tun, uns durch die Massen zu dirigieren und von Kaisern, Präsidenten, Kriegen, Zerfall und Auferstehung zu erzählen. Ich konnte es mir aber nicht vorstellen, die Ausmaße waren zu groß, der Präsidentenpalast zu umnebelt, die blutigen Bilder von damals stärker als die Eindrücke auf dieser betonierten, beflaggten, menschenbedeckten Fläche. Da konnte Nime erzählen, wie er wollte, und er versuchte wirklich sein Bestes, er beschwor das Ende der Kaiserzeit herauf, den Staatsstreich der Revolutionäre, den neuen Staat und seine blutigen Maßnahmen, Tauwetter, Massenbewegungen. Und, sagte er leise, dann gab es die Panzer auf dem Platz.

Sieht so ruhig aus.

Haben wir uns ganz anders vorgestellt.

Seien Sie froh, sagte Nime erschöpft, dass hier gerade so etwas wie Frieden herrscht. Mehr kann man eben nicht sehen. Macht ist unsichtbar. Diesmal hatte ihn die Geschichte angestrengt, das sah ich ihm an; vielleicht, weil er viel Stoff in kurzer Zeit hatte erzählen müssen, oder weil es ihn schmerzte, oder auch, weil er es anders erzählen wollte, ich wusste es nicht.

Wieso unsichtbar, sagte Horst und zeigte auf die Kameras, die inzwischen ein Stück hinter uns lagen, aber wer weiß, wo die nächsten waren, in dem Soldatenstandbild dort vorne vielleicht, gleich neben dem riesigen Zierbeet, bepflanzt in den Landesfarben.

Wir standen so dicht um Nime herum, dass wir uns die Arme um die Schultern hätten legen können wie eine Basketballmannschaft vor dem Anpfiff, weil wir sonst auseinandergerissen worden wären von den Menschen, die von allen Seiten an uns vorbeirannten, Alte wurden in Rollstühlen geschoben, die man am Parkplatz ausleihen konnte, Kinder auf die Schultern gehoben, niemand durfte hinfallen, weil von hinten nachgedrängt und vorangestoßen wurde. Auch Vater durfte keinesfalls zurückfallen, in dieser gewaltigen Kulisse würde er verschwinden. Damals nach Mutters Tod setzte er alles daran, auch zu verschwinden, ihr hinterher. Er verließ das Haus und kehrte tagelang nicht zurück, während ich in seiner Küche saß und der Polizei seinen Tagesablauf beschrieb und dass er bei Sinnen sei und durchaus wisse, wo er wohne. Und als er zurückkam, wach und mit verschlammten Schuhen und einer unsäglichen Enttäuschung im Blick, ließ er sich von mir umarmen, ohne den Mantel auszuziehen. Tagelang saß er in seinem beigen Staubmantel am Küchentisch, wo Mutter geraucht und gelacht und mit ihm und mir gestritten hatte, wo immer das Radio gelaufen war und ein Auflauf im Ofen Blasen geworfen hatte, und ich drehte die Heizung hoch, damit es ihm irgendwann so warm würde, dass er den Mantel auszöge und zu Hause bliebe. Von damals stammt unser Pakt. Ich begleitete ihn, und mir zuliebe blieb er da und erklärte mir alles, was er wusste, damit es nicht verloren ging. Den Mantel hat er auf jeder Reise dabei.

Können wir wenigstens noch näher ran?

Lars schaute durch sein Objektiv, der Nebel machte die Fotos unscharf, also fotografierte er eben die vorüberströmenden Leute, die uns sofort anstrahlten, wenn sie die Kamera bemerken, viele winkten auch, und manche knipsten zurück, ein freundliches Duell.

Kannst du ein Foto von meinem Vater machen, fragte ich Lars.

Gutmütig schwenkte er zu uns herüber und drückte ein paarmal auf den Auslöser.

Hast du deine Kamera vergessen?

Nein, aber es gibt nicht genug Bilder von ihm.

Vielleicht war Nime klar, dass wir mehr Futter brauchten, Fakten genügten nicht, und versmogte Plätze auch nicht, es gab so viele Fragen ohne Antworten. Jedenfalls stand auf dem Parkplatz, zu dem wir uns zurückführen ließen, diesmal kein Reisebus.

Mit Rikschas in die Altstadt, verkündete Nime, lassen Sie sich in gemächlichem Tempo zurück in die Vergangenheit bringen, als die Macht noch kein Zentrum hatte, eine Fahrt durch die malerischen alten Gassen, einfach die Augen und Ohren aufmachen, alle Sinne öffnen und die Kamera bereithalten.

Das steht ja gar nicht im Programm, sagte Brigitta überrascht.

Welche alten Gassen, meint er die Altstadt?

Als die Macht noch kein Zentrum hatte?

Ist das im Preis inbegriffen?

Na, mal sehen, murrte Lars, während er sich von Katja in die vorderste Rikscha ziehen ließ, die mit den goldflirrenden Girlanden und dem orange geblümten Baldachin. Wie immer sortierten wir uns in Paaren, ausgehungert nach Farben und Stallwärme. Vater rückte neben mir hin und her, der Sitz unserer Rikscha war durchgesessen, der Stoff fühlte sich ölig an.

Und was machen Sie solange, rief Horst, als die Rikschas sich stoßweise in Gang setzten und Joe und Nime uns erleichtert hinterherwinkten, wie Eltern, die ihre Kinder gut ausgerüstet auf einen längeren Schulausflug schicken und wissen, dass nichts passieren kann. Aber sie hörten uns nicht und schlenderten einfach in eine andere Richtung davon. Es fehlte nur, dass sie sich die Arme um die Schultern legten.

Halt dich fest, sagte ich, wer weiß, was sie mit uns machen.

Ich möchte eigentlich lieber zurück ins Hotel, sagte Vater, aber Alleingänge waren ja auf dieser Reise nicht vorgesehen, ich war froh darum, denn solange wir hier zusammen unterwegs waren, würde ich ihn nicht aus den Augen verlieren.

Die Rikschafahrer traten heftig in die Pedalen, und ein leises Schurren ließ mich vermuten, dass irgendwo unter den gepolsterten Sitzen kleine Hilfsmotoren verborgen waren, denn wir schossen nach vorne, mussten uns am Gestänge festhalten, und scheinbar ohne Anstrengung riefen sich die Fahrer Scherze zu, eine oder gar keine Hand am Lenker. Wir gerieten sofort in eine andere Gegend, auf einmal waren die Gassen eng, die Häuser niedrig, beinahe barackenhaft, die Fenster vergittert. Wir suchten auf unseren Handys nach Stadtplänen, so nah am Zentrum der Macht hatten wir die Altstadt nicht erwartet, aber vielleicht gab es ja mehrere, und wir hatten hier keinen Empfang, oder wir waren noch gar nicht da.

Ist das überhaupt die Altstadt, fragte Vater misstrauisch, es sieht nicht danach aus, man sollte uns nicht unbegleitet in diese Gegend schicken. Schließlich haben wir für durchgehende Begleitung bezahlt.

Lars in der Rikscha vor uns schien nicht zu wissen, ob er schon mit Fotografieren anfangen sollte. Die Gassen waren überhaupt nicht malerisch, und buntes Treiben herrschte auch nicht, eigentlich war kaum jemand zu sehen. Auf den großen, schlecht verlegten Betonplatten der Straßen schimmerten Öllachen, die Gullis waren verstopft, und aus den vergitterten Fenstern drang ein sonderbarer Geruch nach scharfem Öl, grundiert mit einer zuckrigen Note. An der nächsten Ecke saßen ein paar alte Männer auf Klappstühlen; Jungen in eng anliegenden Leibchen sprangen an unsere Rikschas heran und strecken uns Ananasstücke entgegen. Wir kauften nichts, und sie fluchten, nur der weiße Herr reichte den Jungen etwas Geld und nahm ein tropfendes Ananasstück entgegen, das er dem Mädchen neben sich gab. Sie lächelte und biss hinein, und dass sie sich damit vermutlich den Magen verdarb, war ihr wohl egal.

Zum ersten Mal, seit wir in Kirthan waren, sah ich mehr Tiere als die paar ausgemergelten Katzen im Hotel. An den Häusern entlang und über die armdicken Stränge von Stromkabeln, die sich von Dach zu Dach zogen, huschten Schatten; die Fenster vollgehängt mit Wäsche und auf jedem zweiten Fensterbrett ein Käfig mit einem unscheinbaren Vogel darin. Drüben an der Ecke stand eine alte Frau, einen lockigen Hund auf dem Arm, den sie an sich presste wie ein Baby, sie verbarg ihr Gesicht in seinem blonden Fell und schaute nicht hoch, als sie uns kommen hörte. In Nischen und auf Stromkästen waren kleine Altäre aufgebaut, Räucherstäbchen dampften vor vergoldeten Figuren, Obststücke zu kleinen Pyramiden aufgebaut, süßliche Schwaden mischten sich mit dem klammen Geruch von feuchtem Beton. Ab und zu Klohäuser und Leute, die in Hausschuhen dorthin eilten, zwischen den Fingern ein sorgfältig gefaltetes Blatt Toilettenpapier. Die Rikschafahrer nahmen die Kurven in hohem Tempo, wir wussten nicht mehr, aus welcher Richtung wir gekommen waren.

Warum schaut uns keiner hinterher, rief Brigitta von hinten, die tun ja so, als wären sie uns gewöhnt, oder sie sehen uns gar nicht. Die Leute gingen ihren Verrichtungen nach, fegten Müll zusammen, kratzten Algen von den Wänden, Gehwege gab es keine, sie drückten sich an die Wand, wenn es eng wurde. Jemand mit einem Bauchladen kramte in seiner Ware, Zigaretten, winzige daumennagelgroße Götter, aber der Geschäftssinn schien ihm abhandengekommen zu sein, er blickte an uns vorbei und drehte sich eine Zigarette. Vater wurde mit jedem Stoß durchgerüttelt, als wären seine Knochen nicht mehr fest verfugt, und hob den Blick nicht, als müsse er sich darauf konzentrieren, nicht auseinanderzufallen. Nicht einmal das geköpfte Huhn, das an den Krallen zusammengebunden direkt über uns an einer Wäscheleine baumelte, sah er, auch wenn Lars es sofort fotografierte.

Hinter der nächsten Ecke standen winkend Joe und der

Reiseleiter. Joe lachte, als sei unsere Rückkehr ein großer Spaß. Nime lächelte ruhig und hatte sich die Haare mit Wasser nach hinten gekämmt. Vielleicht hatte ihm die kurze Pause ohne uns gutgetan. Die Fahrer riefen ihm entgegen, sie waren bester Dinge und schienen sich bei ihm zu bedanken, und er schüttelte jedem die Hand. Ich sah, wie sich einer von ihnen vorbeugte und ihm etwas ins Ohr flüsterte. Nime nickte ihm zu und half uns dann aus den Rikschas. Er erinnerte uns an die Trinkgelder, an die wir nicht gedacht hätten, scherzte mit Doris und Katja, fragte Lars nach Fotomotiven und Horst nach sozialer Gerechtigkeit, dem weißen Herrn, der sich mit Ananassaft seine Hose versaut hatte, reichte er Feuchttücher, und Brigitta, die über Kopfweh klagte, schob er unauffällig eine Tablette zwischen die Finger. Diese allumfassende Fürsorge gefiel mir, und dass wir ihn dafür bezahlten, änderte daran nichts.

Und dann war es Zeit für das Mittagessen, zu Gast bei einer Familie aus Kirthan, ein Essen in Gemshas Hof.

Wir bückten uns, um unter dem niedrigen Torbogen hindurchzudrängeln. Die Erschöpfung von eben schlug ins Gegenteil um, diese Wendigkeit der Herzen, von bleierner Ernüchterung zu hingerissener Aufregung, allein schafft man das ja gar nicht. Ich gebe es zu, auch ich war inzwischen längst auf diese Gruppe angewiesen, und natürlich auf Nime, der beinahe zu uns gehörte, der uns behütete und überraschte.

Gleich beim Eintreten perlten uns Harfenklänge entgegen, nur dass es keine Harfe war, woran die festlich geschmückte Lady herumzupfte, während ein kleines Mädchen anmutige Drehungen vollführte. Ein Kahsong, erklärte uns Nime, das aussah wie eine Tischharfe, oder eine

Art Hackbrett, und die Lady konnte ihm auch nur vier Töne höchstens entlocken, aber das tat sie mit strahlendem Lächeln, und dass sie kaum asiatisch aussah, störte uns auch nicht weiter, es kam ja nicht auf die Gesichtsfarbe und die Augenform an, sondern auf die kulturelle Heimat, sagte Horst. Der Innenhof war vollgehängt mit goldenen und roten Lampions und bunten Fähnchen, unter den Sträuchern und an den kahlen Wänden standen wasserfeste Drachen in allen Größen und elektrisch blinkende Pagoden, und weiter hinten dampften an einem kleinen Altar Räucherstäbchen und Kerzen zwischen bräunlichen Obststücken. Die Inbrunst der Dekoration ließ uns verstummen, Nime nickte zufrieden, als ob ihm das Arrangement wirklich gefiele, während Joe ungerührt eine Zigarette anzündete, als sei dieser Anblick für ihn alltäglich, und vielleicht war es ja auch so.

Der Reiseleiter arbeitet mit Kontrasten, flüsterte ich Vater zu, ich beginne, seine Komposition zu begreifen. Ich weiß, dass Vater es schätzt, wenn man Strukturen herausarbeitet: erst die Macht in ihrer kalten Weite, dann die Enge der Vergangenheit, die aber nicht mehr zu uns sprechen kann, weil sie zu sehr mit sich selbst beschäftigt ist, und dann das Glück der menschlichen Begegnung, das sich überall und mit jedem ereignen kann, jedenfalls wenn man ihm etwas auf die Sprünge hilft, und zu der Frau Gemshas unbeholfen gezupfte Klänge beitrugen und auch das kleine Mädchen, das nun mit einer Sammelbüchse von einem zum anderen ging.

Ich habe dir schon einmal gesagt, entgegnete Vater, die Menschen brauchen diese Geschichten. Wir sollten uns dafür nicht zu gut sein. Wir können froh sein, dass Nime dafür zuständig ist. Ein wenig mehr Kenntnis der Vergangenheit hätte man allerdings erwarten können, findest du nicht?

Ich dachte darüber nach, ob Nime für die Gegenwart oder die Vergangenheit zuständig war und ob es nicht zu viel verlangt sei, sich in allen Zeiten auszukennen und auch noch gut gelaunt zu bleiben (aber war er überhaupt gut gelaunt?), und dann erinnerte ich mich, wie ich Vater in den ersten Jahren nach Mutters Tod manchmal angetroffen hatte: vor dem Fernseher, schräg in den Sessel gesunken, mit halb geöffnetem Mund. An einem dieser Abende hatte ich eine Weile neben ihm ausgeharrt, versucht, ihn in ein Gespräch zu verwickeln, und dann hatte ich ihm die erste Reise vorgeschlagen. Er hatte sich aufgesetzt und mich beinahe vorwurfsvoll angeschaut, als hielte ich ihm ein Foto aus verbotenen Zeiten hin. Ich schämte mich, aber nach einigen Tagen schlug er mir ein Reiseziel vor. Wir fuhren im Februar mit einer Gruppe nach Rom, wo wir auf schweren gummibereiften Mieträdern langsam über die breiten, leeren Gehwege rollten. Vater war damals noch kräftiger, aber er geriet leicht ins Schlingern, und ich gewöhnte mir an, dicht neben ihm zu radeln und ihn ständig an die Handbremsen zu erinnern. Die anderen waren eine geschlossene Gruppe weit vor uns, die sich vor Kirchen und am Trevi-Brunnen sammelten, um immer wieder auf uns zu warten. Bis wir sie erreichten, hatten wir die Erklärungen verpasst, aber Vater fasste alles Wichtige für mich in wenigen Sätzen zusammen. Er musste nicht überlegen und nie im Führer nachlesen, und die Geschichten, die er mir zuflüsterte, während die Gruppe schon wieder die Schirmmützen aufsetzte und sich auf die Räder schwang, waren der Anfang unserer gemeinsamen Reisen.

Gerade als ich beschloss, vorerst nicht mehr über Nime nachzudenken und auch nicht über Vater, erhob sich Frau Gemsha, raffte ihre bestickten Gewänder und nahm den Applaus mit geneigtem Kopf entgegen, während von hinten kleine Jungen und Mädchen dampfende Schüsseln zu uns in den Innenhof trugen. Auch die kleine Tänzerin legte rasch ihr glänzendes Leibchen ab, drückte Frau Gemsha das Geld in die Hand und verschwand hinter einer Brettertür. Die Schüsseln wurden auf einer länglichen Bank verteilt, dazu ein Stapel Pappteller, und wir sollten uns selbst bedienen, so wie es eben in sehr großen Familien üblich sei, erklärte Nime. Ich überlegte, was mich an dieser Geschichte störte, ob es die vielen Kinder waren, die sich kaum ähnlich sahen, oder das Gefühl, einer Aufführung beizuwohnen, oder Nimes zufriedenes Gesicht, das mir nicht verriet, woran er sich erfreute, am Essen, am reibungslosen Verlauf oder an unserer Bereitwilligkeit.

Also, in unserer sehr großen Familie saßen immer alle am langen Tisch, und Mutter hat die Töpfe gebracht, merkte Brigitta an, und die Portionen ausgeteilt. Ich versuchte, mir ihre Nachkriegsmutter vorzustellen, aber was hat Brigittas Familie mit diesem Hinterhof in Kirthan zu tun, dachte ich, während die anderen über den Kinderreichtum der Familie Gemsha staunten, mindestens sechs oder sieben Kinder schossen hin und her, brachten Stäbchen, Gabeln, Cola und Tee. Horst konnte es nicht lassen, leise über Kinderarbeit und Mindestlohn zu dozieren, aber diese Kinder gehören ja zur Familie, sagte Brigitta, und sicher muss auch Joes Intelligenz ab und zu mitanfassen, und ob wir mal die Wohnräume sehen können?

58

Der Reiseleiter ging hinüber zu Frau Gemsha und flüsterte ihr etwas ins Ohr. Frau Gemsha brach in Gelächter aus, als hätte er einen Scherz gemacht.

Nein, hier wohnen sie gar nicht, erklärte er, sie wohnen in den Vorstädten.

Wieso wohnen sie nicht hier?

Wir dachten, das ist ein häusliches Essen?

Es ist ja ein häusliches Essen, erklärte Nime und wies auf die grauen Verschläge, die den Hof umstanden und aus deren halb vernagelten Fenstern Murmeln und Tellerklappern drang.

Bevor sich leichtes Unbehagen bei uns breitmachte, stellte sich Frau Gemsha mitten in den Hof und fing mit leiser, quengelnder Stimme an zu singen, ein leierndes Trällern, das vom Klappern der Schüsseln und einem monotonen Zirpen grundiert wurde. Es blieb uns nichts übrig, als zu essen und die Kerne der Granatapfelschnitze, die das kleine Mädchen ständig herumreichte, auf den Boden zu spucken, wo ein Kleinkind mit einem Feger in der Hand sofort alles mit gewandten Bewegungen zusammenkehrte. Das Zirpen kam aus den unbekannten Büschen, die den Innenhof rahmten. An den dürren Zweigen hingen wie sonderbarer Weihnachtsschmuck eiförmige Anhängsel: winzige Käfige, in denen grün schillernde Grillen pausenlos ihre Hinterbeine aneinanderrieben.

Meine Güte! Wie Singvögel!

Die Armen!

Ob die gefüttert werden?

Lars ging mit der Kamera dicht ran, und Doris griff zum Zeichenstift, aber Dagmar konnte nicht stillsitzen, sie streckte sich und nahm einen Anhänger vom Zweig herunter. Ratlos und etwas angeekelt starrte sie auf das vibrierende Grillenpaar.

Die singen sich in den Tod.

Sie steckte den Finger zwischen die streichholzdünnen Stäbchen und versuchte, sie aufzubrechen.

Das geht uns gar nichts an, sagte da Nime sehr leise und in scharfem Ton und fasste sie hart am Arm, wir sind hier Gäste, verstehen Sie.

Erschrocken nickte Dagmar und hängte den Käfig mit spitzen Fingern wieder zurück an seinen Ast. Aber es ließ ihr doch keine Ruhe, und sie drehte sich immer wieder um zu den winzigen Gefangenen, die bebend und unermüdlich ihre Musik für uns machten. Nur Vater hatte nichts gesehen und kaute sorgfältig seine Granatapfelkerne. Wir anderen fühlten uns zusammen mit Dagmar in unsere Schranken verwiesen und standen still und ein wenig gedemütigt mit unseren Papptellern in der Hand im Innenhof herum. Nime verschlang schweigend große Mengen des köstlichen, lodernd scharfen Essens und wirkte auf einmal unnahbar. Verlegen gossen wir Wasser in unsere brennenden Kehlen, dann wässriges Bier, während wie auf einer Bühne das Familienessen durchgespielt wurde. Doris kritzelte heftig in ihren Skizzenblock, wollte die Zeichnungen aber nicht herzeigen. Frau Gemsha beantwortete einige Fragen des Reiseleiters (ja, sie koche gern scharf, ja, die Nordwand des Hofes sei besonders hoch, damit bösen Geistern der Weg versperrt sei, ja, Gastfreundschaft gehöre zur Kultur), aber nicht unsere (wie viele Kinder sie habe, ob der Innenhof eine Art Restaurant sei und ob die Grillen auch wieder befreit würden), und als sich Nime auf einmal wieder uns zuwendete, lächelnd und mit einer neu entfachten

Wärme in den Augen, scharten wir uns erleichtert um ihn und drängelten, so schnell wir konnten, aus dem Innenhof.

Abends wurden wir massiert. Im Hotel warteten ein Dutzend Mädchen in gegürteten, tiefroten, goldgesäumten Gewändern auf uns und leiteten uns in holzgetäfelte, mit bestickten Seidenvorhängen separierte Kabinen. Ich fragte Vater, ob es ihm recht sei.

Ich kann mich allein wehren, sagte er kurz.

Du bist undankbar, sagte ich, aber wir lächelten beide, und jeder bog in eine eigene kleine Kabine ab.

Auf einer limettenduftenden Liege streckte ich mich aus, Gesicht nach unten, die Augen blickten durch ein Loch im Polster auf Porzellanschalen mit schwimmenden Lotusblüten. Das Mädchen grub ihre Finger in meine verspannten Muskeln, lockerte mein Fleisch mit erstaunlicher Kraft, bald fühlte es sich an, als tanze sie barfuß auf meinem Rücken, dann wieder ein kreisförmiges Streichen, Fingerglieder wurden geknetet, die Haut zwischen den Zehen, die Beckenschaufeln, bis Wärmeströme mir die Wirbelsäule herabrieselten und ich aufgelöst auf dem Laken lag. Mit einem Rascheln verschwand sie hinter einem Vorhang, und irgendwann rappelte ich mich auf, die Füße passten nicht mehr in die Schuhe, und mein Gesicht glühte. Auch Vater hatte tomatenrote Lippen und glänzende Augen und ließ sich mit in die Bar ziehen.

Lars und Katja stießen mit französischem Rotwein an. Horst und Brigitta becherten Reiswein. Dagmar lud den weißen Herrn, der sich in einen eierschalenfarbenen Kaftan gehüllt hatte, und das Mädchen zu schottischem Malt Whiskey ein. Doris und ihr Mann tranken Cocktails, nur

Nime saß mit einem grünen Tee am Rand unserer Runde und blies abwartend in den fischigen Dampf.

Ich weiß nicht, grübelte Dagmar, während die Klimaanlage über uns eisige Luftstöße in den Raum pumpte, ich kann mir noch kein Bild machen, diese ganzen Eindrücke, die Grillen, die Kameras, die Rikschas, das Kahsong, einfach zu viel, wisst ihr?

Ist doch klar, sagte das Mädchen und schwenkte ihr Whiskeyglas im glitzernden Licht, wir können uns kein Bild machen, weil wir keine Ahnung haben. Spöttisch kniff sie die Augen zusammen. Schmal und ungeduldig saß sie zwischen uns wie ein junger, schlecht erzogener Hund.

Wie meinst du das, fragte Katja nach.

Keine Bilder? Lars schüttelte den Kopf. Es gibt mehr als genug Bilder, man muss sie nur finden, wirklich: unendlich viele nicht gemachte Fotos. Was meint ihr, warum ich so viel fotografiere?

Um deinen Freunden zu Hause den besten Bilderabend aufzutischen, trotzte das Mädchen.

Nein, du kleine Rebellin, sagte Lars väterlich, um mir meine eigenen Bilder zu machen, da sind wir uns doch einig. Kirthan ist keine Fototapete.

Träum weiter, meinte das Mädchen, Zahnärzte haben besonders exklusive Träume. Und besonders coole Fototapeten.

Ich bin kein Zahnarzt, sagte Lars, in welche Ecke willst du mich eigentlich stellen. Was hast du eigentlich gegen mich?

Quatsch, sagte das Mädchen, du bist mir eher egal, und das kannst du nicht ertragen.

Katja kicherte.

Was gibt es zu da zu lachen, herrschte Lars sie an, nur weil unser kleiner Hippie hier mit dummen Sprüchen kommt.

Vater erhob sich.

Zeit für die Nachtruhe, sagte er freundlich, ich wünsche Gute Nacht allerseits. Ich wollte mich erheben, aber er winkte ab und ging aufrecht zum Fahrstuhl. Alle schauten ihm hinterher. Von Weitem sah er schmal aus, aber er schwankte nicht, obwohl niemand ihn stützte. Oben würde er sorgfältig die Vorhänge zuziehen, noch ein wenig in den *Reisen durch Kirthan in dunklen Zeiten* lesen, sich Notizen am Rand machen und dann bald das Licht löschen.

Rührend, wie du dich um ihn kümmerst, sagte Brigitte zu mir.

So ist das gar nicht, sagte ich leise, man muss sich nicht um ihn kümmern, eher im Gegenteil. Ich wollte es erklären, aber es hörte schon niemand mehr hin, die Gruppe vergaß so rasch. Gleich nahm das Gespräch wieder Fahrt auf, die Stimmung war heikel, sie musterten sich gegenseitig.

Ich finde, du hast einen tollen Style, sagte Katja zum Mädchen und erhob ihr Weinglas, während Horst die politischen Gefangenen aufzählte, die seit Jahrzehnten in den Gefängnissen des Landes festsaßen. Dagmar blickte unruhig auf Nime, der gleichmütig die Hände um den Tee schloss, als hätte er nichts gehört.

Horst, das wissen wir, fuhr Brigitta dazwischen, es bringt nichts, immer das Unrecht aufzulisten, als hätten wir alle eine weiße Weste.

Jedenfalls weißer als das Regime, das diese Menschen im Schwitzkasten hält, dröhnte Horst, oder willst du alles über einen Kamm scheren.

Und warum wolltest du dann unbedingt hierher, rief Brigitta.

Er ist scharf auf die Frauen hier, sagte das Mädchen gerade laut genug, dass alle sie hörten.

Na, junge Dame, nicht so frech, schmunzelte Horst und blinzelte geschmeichelt in die Runde. Brigitta ballte vor Wut die Faust, aber noch riss sie sich zusammen, weil wir dabei waren, wir hielten alles in Schach einfach dadurch, dass wir viele waren, und Nime brauchte gar nicht einzugreifen.

Was malst du denn eigentlich die ganze Zeit, fragte das Mädchen und wandte sich Doris zu, zeig doch mal her. Sie streckte sich nach dem Zeichenblock, der zwischen den Cocktailgläsern lag.

Finger weg, rief Doris erschrocken, das geht dich gar nichts an.

Schämst du dich, oder was?

Nun zeig doch mal, schaltete ihr Mann sich ein, was nützt es, wenn niemand die Bilder jemals sieht?

Hast du sie etwa auch noch nie gesehen, fragte das Mädchen ihn. Doris presste den Zeichenblock an sich, als müsste sie ihn verteidigen.

Ich mache es eben für mich, sagte sie heftig, ich sehe dann mehr. Es schult den Blick.

Du weißt auch immer genau Bescheid, stellte das Mädchen fest, du tust so scheu, aber du bist ganz schön auf Zack.

Und du glaubst, bloß weil du jung bist, hättest du die Freiheit gepachtet, junge Dame?

Die Freiheit ist mir egal, sagte das Mädchen, ehrlich.

Und was ist dir nicht egal, fragte Lars scharf.

Wieso geht ihr denn alle gegen sie, warf Brigitta ein, die einen Rotweinrand über der Lippe hatte, sie klopft eben keine Sprüche so wie ihr alle, sondern macht die Augen auf. Und wir anderen laufen blind durch die Welt, oder wie? Ich bin auch blind, sagte das Mädchen, schloss die Augen und streckte tastend die Hände aus. Sie stieß gegen den Ellbogen des weißen Herrn, der ihre Hand nahm und festhielt.

Dagmar seufzte und schleckte den Zuckerrand von ihrem Cocktailglas. Das Papierschirmchen steckte sie Brigitta hinter die Ohren, die immer noch angriffslustig in die Runde schaute.

Lass den Blödsinn, rief sie und schüttelte das Schirmchen so heftig ab, dass sie dabei ihren Reiswein umstieß.

Das musste ja wieder passieren, stöhnte Horst, du verträgst eben gar nichts und musst immer alle in Schutz nehmen. Brigitta warf ihm einen bitteren Blick zu, sprang auf und holte Servietten.

Dagmar stieg die Röte ins Gesicht, mit glühenden Ohren lehnte sie sich zurück und begann auf einmal zu weinen. Brigitta tupfte die Reisweinlache mit fliederfarbenen Papiertüchern weg.

Dagmar wollte nicht sagen, warum sie traurig war. Sie schluchzte laut auf, und Katja hielt ihr die Stirn. Lars hob die Kamera vor die Augen und fotografierte alles, die angeleuchteten Büsche im Hof, die Mückenwolken, die sich vor der Scheibe hoben und senkten, die Kellnerin, die gerade und aufmerksam neben der Bar stand, ohne sich anzulehnen, und auch das Mädchen und den weißen Herrn, wie sie Hand in Hand aus der Bar verschwanden, Horst und Brigitta, die sich kaum anschauten, und den leeren Stuhl, auf dem vorhin noch Vater gesessen hatte. Da erst fiel uns auf, dass Nime längst verschwunden war.

Wir einigten uns auf folgende Punkte:

Nime: klug und ein guter Regisseur.

Bilder: jeder will sie, man soll sich nicht so anstellen, Lars stellt sie gern in eine Dropbox für uns alle, er macht es ja nicht nur für sich.

Kirthan: undurchdringlich, wir werden es nicht begreifen.

Dagmar: einsam.

Das Mädchen: anstrengend, aber gut, dass wir sie haben.

Vater: ein gelehrter Mann.

Schottischer Whisky: schmeckt in Kirthan anders als in Edinburgh, worüber wir froh sind, beruhigt, dass nicht alles überall gleich ist.

Die Grillen: müssen befreit werden.

Wir: glauben an das Reisen. Nach dem dritten Tag wird es leichter.

Nachher auf dem Zimmer war mir schwindelig, und ich zappte mich durch die vielen Kanäle des gewaltigen Fernsehers, aber als ich zu den westlichen Sendern kam, wurde der Bildschirm dunkelblau wie die Nacht, und ich schlief endlich ein.

Der Inspektor

1990

Bevor die Kinder kommen, stehen wir hinter der Schule und rauchen. Sie sollen es nicht sehen, so die Vorschrift, dabei raucht jeder, auch die älteren Kinder tun es. Wir alle haben gelbliche Finger, die blauen Schulkittel riechen nach Asche, obwohl wir sie über Nacht lüften. Manchmal erwischen wir die Kleinen, wie sie in der Pause hinter das Gebäude schleichen, die Kippen aufsammeln und in Schraubgläser füllen. Morgun greift sie sich und schüttelt sie so heftig, dass sie wie Puppen in der Luft schlottern. Ich nehme ihnen die Gläser ab, die sie ihren Eltern mitbringen wollen, um sich beliebt zu machen, und schlage ihnen leicht auf die Handflächen.

Es gibt bessere Mitbringsel, sage ich ihnen. Bringt ihnen euer Wissen, bringt Sauberkeit und eine gute Schrift, und sie werden es euch danken. Morgun lässt sie in einer Reihe vor dem Schulgebäude knien, bis die Pause vorbei ist und alle Kinder an ihnen vorbei in die Klassen ziehen. Mit gesenkten Köpfen warten sie unter den Blicken der anderen, ohne zu weinen, wie sie es gelernt haben, bis wir sie freisprechen.

Wir tun das, weil wir sehen, wie sie sich dann erheben,

wie sie aufrecht stehen und sich die geflickten Hosen ab-
klopfen und die Schulhemden zurechtzupfen, und in diesem Augenblick sind sie gewachsen, sie haben eine erbärm-
liche Angewohnheit aufgegeben, und ihre Gesichter sind
ernst und schön.

Auf dem Land sind die Kinder am schönsten, sagt man.
Wie bei einem ungeschorenen Tier muss man ihre Form
unter dem verfilzten Fell erkennen, muss sie waschen und
trocknen, sie zurechtstutzen. In ihren frischen blau-weißen
Hemden, mit geschorenen Köpfen und geschrubbten Fingern sehen sie aus wie frisch gebacken. Den Jüngeren geben
wir Nummern, weil es so viele sind.

Morgun und ich suchen uns jeden Herbst rasch unsere
Lieblinge. Das ist wichtig, um in den großen Klassen den
Überblick zu behalten: vorne die Lieblinge, die bald auch
Namen bekommen, in der Mitte die Nummerierten, hinten die, die nichts lernen. Die Eltern schicken sie mit, um
sie aus dem Weg zu haben, und verboten ist es nicht, seitdem in Kirthan alle zur Schule gehen. Wir machen ihnen
klar, dass wir keine Hoffnung auf sie setzen und dass sie
sich niemals melden dürfen. Das zumindest lernen sie rasch.
Sie richten sich an ihren Pulten ein, legen die Köpfe auf die
Arme und schließen die Augen. So vergeht ihnen die Zeit
schneller.

Alle gewöhnen sich irgendwann ein.

Die in der Mitte rutschen anfangs herum und stecken
sich Zettel zu, kratzen Spuren in die Pulte, manchmal
fallen sie von den Stühlen, wenn der Tag lang ist. Aber das
spielt sich ein, sie lernen die Regeln und ihre Nummern, ich
weiß meine heute noch.

Nur die Lieblinge in den ersten Reihen dürfen sich melden, wenn wir sie dazu auffordern. Ansonsten reden wir, Morgun mehr als ich, während ich an der Tafel alles mitschreibe, was auswendig gelernt werden muss. So haben auch wir alles gelernt, was wir heute wissen.

Mittags schieben wir die Pulte zu einer langen Tafel zusammen, und da sitzen sie und stecken die Köpfe zusammen, bis Morgun den Gong schlägt. Viele bringen die Kinder, weil sie hier essen können. Eine Wanne voll mit Tee, golden wie Urin, steht in der Ecke, jeder kann sich einen Becher füllen, heißen Brei gibt es auch. Sie können es kaum erwarten; wie sie dasitzen, bebend vor Ungeduld, die Backen aufgebläht. Morgun geht zwischen ihnen umher, heiße Gesichter, rot bis zum Hals, er packt manchen von hinten in den Nacken, keine Schläge. Das ist, sagt er mir später, eine Liebkosung. Ärmel hochkrempeln, zwischen den Tellern sich aufstützen, wenn von hinten die Hand kommt.

Früher habe auch ich die Kinder gerne angefasst, obwohl Morgun es mir untersagt hat. Ihre Köpfe so warm und ihre frisch rasierten Haare wie Moos unter den Fingern. Sie sind in unserer Obhut, und auch wenn es wichtig ist, sie zu bändigen, drängte es mich doch immer wieder, ihnen über die Köpfe zu streichen, ihre kleinen Ohren zu zupfen und ihnen die Hand auf die Stelle am Rücken zu legen, wo die Schulterblätter sich unter dem Hemd wölben wie Flügelstümpfe. Morgun beobachtete mich, wenn ich durch die Reihen ging und hier und da über einen gebeugten schmalen Rücken fuhr oder eine dreckige Hand in meine nahm, um die Nägel zu kontrollieren.

Man muss sie nicht tätscheln, warnte er mich, sie sind es nicht gewöhnt, und die Vorschriften verbieten es. Ich habe nachgelesen; es gibt in den Richtlinien nichts dergleichen, aber Morgun kennt auch die ungeschriebenen Regeln.

Wenn der Inspektor dich sieht, wie du die Kinder kraulst, sagte er, bekommst du eine Verwarnung. Aber ich ließ mich nie erwischen, und ich merkte auch, wie die Kinder sich kaum merklich meiner Hand entgegenstreckten, wie sie einen Augenblick lang den Kopf schwer gegen meinen Bauch lehnten, wenn ich hinter ihnen stand, und manche kamen mit kleinen Rissen am Finger zu mir und schlossen die Augen, während ich die kaum sichtbaren Wunden abtupfte und kurz die Finger um die schmalen Handgelenke schloss.

In der ersten Reihe gab es damals einen, dessen Namen ich mir gleich merkte, weil er den Blick nicht von mir wendete. Schon am ersten Schultag, als wir mit den Eltern, die in ihren gewachsten Stiefeln und gebügelten Kitteln vor uns standen, vor der Schule die Hymne sangen, stand er dicht neben seinem Vater in der ersten Reihe und starrte mich an. Der Morgen war kalt, Morgun und ich trugen unsere Wollmützen, und manche Kinder waren so müde, dass sie sich auf die Schuhe ihrer Eltern hockten, sich anlehnten und die Augen schlossen. Viele hatten lange fahren müssen, sie kamen von weit her, die Dörfer sind verstreut. Sie sangen leise und undeutlich, auch die Erwachsenen bewegten kaum die Lippen.

Nime in der ersten Reihe sang gar nicht, auch ich sang nicht so laut wie sonst, weil ich Halsschmerzen hatte, und er schaute mich an, als warte er auf meinen Einsatz, ich fühlte mich von ihm aufgefordert, und daran bin ich nicht gewöhnt.

Später erzählte ich Morgun davon, und er versprach,

auf den Jungen zu achten. Wir müssen die wachen Kinder
frühzeitig heraussuchen, denn auch unsere kleine Schule
muss Erfolge vorweisen, und Kinder, die uns genau beobachten, sind oft auf einem guten Weg. Aber Nime schaute
mich nicht an, um mich nachzuahmen. Bis heute weiß ich
nicht, was genau er von mir wollte. Vielleicht dachte ich
damals zu oft darüber nach, denn Morgun tadelte mich
schon in den ersten Wochen, weil ich dem Jungen zu viel
Beachtung schenkte. Lieblinge sind erwünscht, aber über-
triebene Zuneigung stiftet Verwirrung.

Auch die anderen Kinder achteten auf ihn. Er schaute
ihnen in die Augen, als wollte er hinter ihren Pupillen etwas entdecken, das sie selbst nicht kannten. Das waren sie
nicht gewöhnt. Er forschte in ihren Gesichtern, und dann
fing er an zu erzählen. Ich weiß nicht, wovon er sprach, in
den Pausen saßen sie manchmal im Kreis auf dem gepflas-
terten Vorplatz, dort, wo der Geräteschuppen seinen Schatten warf, und hörten ihm zu. Dabei wirkte er nicht wie ein
Anführer, und sie hingen nicht an seinen Lippen wie an
denen des Meisters, wenn er die Lektion vorsprach. Sie
lagerten um ihn, manche ausgestreckt auf dem Bauch,
andere lehnten sich aneinander, und immer wieder lachte
jemand auf. Wenn wir näher kamen, verstummten sie, aber
nicht so, als hätten sie etwas Verbotenes getan; sie warteten
einfach, bis wir vorübergingen, damit Nime weitererzäh-
len konnte.

Immer wieder versuchte ich, etwas aufzuschnappen,
aber es gelang mir nicht. Morgun beobachtete mich, wie ich
dicht an Nime vorbeiging, eine Art Gier trieb mich in die
Nähe dieses Jungen, als wolle ich von ihm gesehen werden
und ihm zuhören.

Verwöhne ihn nicht, sagte Morgun, warum soll er besser sein als die anderen, ich glaube nicht, dass er ihnen etwas voraushat.

Ich musste mich rechtfertigen.

Jeder hat Lieblinge, Morgun, und ich mag es eben, wenn die Schüler nicht dösen und bei der Sache sind.

Morgun beschloss, Nime öfter zu prüfen, um herauszufinden, ob er auch zu seinen Lieblingen gehören könnte. Er ließ ihn vor den anderen die Zeichen an die Wandtafel schreiben, die er ihm zurief, er ließ ihn rechnen, sobald wir die Zahlen durchgesprochen hatten, und singen musste er auch. Seine Stimme war hoch und dünn, fast so, als finge er gleich an zu weinen.

Das Einzige, worin er sich auszeichnete, waren die Geschichten. Er merkte sich die Morgengeschichte und Berichte aus der Zeitung, die Morgun manchmal halblaut las, während die Schüler studierten; er kannte alte Fabeln, die in keinem Buch standen, komplizierte Rätsel und Witze, die er detailgetreu nacherzählte, und er setzte die Pausen so, dass sich alle vorbeugten, um nichts zu verpassen.

Der ist gut, den musst du nun aufschreiben, Kleiner, sagte Morgun gutmütig, wenn er wieder einen erzählt hatte, aufrecht vor der ganzen Klasse, mit seiner lebhaften Stimme, die nun nicht mehr hoch und fistelig war, sondern deutlich und warm, wo andere Kinder sonst zitterten, sich am Pult festhielten und nur noch flüstern konnten.

Und jetzt setz dich.

Wenn Morgun mir vorwarf, dass ich ihn verwöhnte, gab ich zurück, aber dein Liebling ist er doch auch, du magst seine Witze.

Ich mag Witze, das ist alles, sagte Morgun mürrisch, und

wenn sonst niemand welche erzählt, dann frage ich eben Nime. Es ist eine gute Übung für ihn. Aber zum Rechnen taugt er nicht. Wir müssen ihm beibringen, dass er sich nicht alles zutrauen sollte.

Als er etwas älter war, erklärte ich ihm nach dem Unterricht, während die anderen draußen das Stockspiel übten, dass es nicht ratsam ist, den Menschen ständig in die Augen zu starren.

Warum, fragte er und schaute mich so eindringlich an, dass ich den Blick abwendete.

Siehst du, das meine ich, es ist unangenehm, so als würde ich dir den Kittel vom Leib ziehen. Niemand tut es.

Er senkte langsam den Blick, den Mund halb offen, er schien keine Ahnung zu haben, wovon ich sprach.

Oder starren deine Eltern dich ständig an?

Sie sind zu müde, sagte er, ihre Augen sind oft geschlossen. Mein Vater ist mit dem Traktor auf den Feldern, bevor ich zur Schule fahre.

Also merken sie gar nicht, wie du starrst. Deswegen sage ich es dir. Ich habe nichts dagegen, weil es mir zeigt, dass du nicht schläfst und dem Unterricht folgst, aber der Meister mag es nicht, und auf die Dauer ist es nicht gut für dich.

Nun wusste er nicht mehr, wohin er schauen sollte. Unsicher drehte er den Kopf hin und her und guckte aus dem Fenster nach draußen, wo die Holzstäbe der anderen Kinder sich klackend kreuzten. Ich sah, dass er noch etwas fragen wollte, und schickte ihn schnell zu den anderen auf den Hof.

Als Morgun ihn das nächste Mal nach vorne rief, damit er uns etwas erzählen sollte, kam er nur langsam und zögerlich.

Los, Junge, rief Morgun, wir wollen etwas von dir hören, beweg die Füße, was ist los mit dir.

Als er vorne stand und anfing zu sprechen, merkte ich, was ich angerichtet hatte. Er wusste nicht, wohin er schauen sollte. Er erzählte seine Geschichte mit gesenktem Kopf, seine Stimme klang gepresst, und die anderen Kinder verstanden nicht, was er sagte. Als sie anfingen zu murmeln, klopfte Morgun auf sein Pult.

Wer versteht, was Nime sagt?

Niemand meldete sich.

Nime, du weißt, wie es richtig geht, du kannst es besser als die anderen. Warum erzählst du nicht so, dass wir dich hören können?

Als Nime anfing zu weinen, musste Morgun ihm auf die Finger schlagen, denn Tränen führen zu nichts. Ich schob ihn zurück auf seinen Platz. Die anderen Kinder blieben still; sie lachten ihn nicht aus, was mich wunderte.

Aber Morgun wollte ihn danach nicht mehr aufrufen.

Er will uns ärgern mit diesem Gemurmel, das können wir nicht hinnehmen. Er macht sich über uns lustig.

Ich hatte Nimes Auftritte verdorben, also musste ich es wiedergutmachen. Ich beschwichtigte Morgun.

Er macht es nicht mit Absicht. Wir müssen ihn eine Weile in Ruhe lassen, er wird es schon wieder lernen. In der Zeit kann er seine anderen Gaben üben.

Du denkst, er wird ein berühmter Schauspieler, sagte Morgun, mit seinen großen Reden. Aber wenn er nur noch vor sich hin murmelt und sich nicht in der Hand hat, kannst du lange träumen.

Ich träume nicht von meinen Schülern, sagte ich, wir haben uns darauf geeinigt, das nicht zu tun. Lass ab von ihm, und ich wette mit dir, dass er uns alle überrascht.

Wir haben uns auch darauf geeinigt, dass uns niemand überrascht, ermahnte mich Morgun, und auf einmal spürte ich Ungeduld mit ihm, dass er mit mir sprach wie mit einer Schülerin, dass er immer das letzte Wort hatte, dass er die Regeln besser kannte als ich, weil er sie sich ausdachte.

Aber zu ihm sagte ich nichts.

In den nächsten Tagen sprach ich mit Nime, wann immer sich die Gelegenheit ergab. Ich fing ihn in der Pause ab, ich ließ ihn für den Meister Wasser holen und wartete draußen am Kran auf ihn, ich nutzte die Minuten nach der Hymne, während sich alle umständlich in Reihen aufstellten, um ein paar Worte mit ihm zu wechseln.

Ich habe dir gesagt, du sollst den Leuten nicht ins Gesicht starren, sagte ich ihm immer wieder. Diese Regel gilt, aber nicht immer. Denn wenn du Geschichten erzählst, musst du sie brechen.

Er hob kurz den Blick und wendete ihn rasch wieder ab, als hätte er sich die Augen verbrannt.

Wir dürfen die Regeln nicht brechen, sagte er leise.

So ist es, sagte ich. Ich wusste nicht, wo ich anfangen sollte. Ich wollte ihm erklären, dass er nach und nach lernen würde, die wichtigen von den unwichtigen Regeln zu unterscheiden; dass es Regeln gab, die in manchen Momenten passten und in anderen nicht; dass die Regeln, die uns umgaben wie der breite Gurt aus Leder, der die zerbrechlichen Knochen meiner Großmutter zusammenhielt, bis sie starb, unsere zweiten Körper waren, die manchmal mehr Luft ließen, als wir dachten. Er sollte wissen, dass es einen Unterschied machte, ob er die Leute mit Blicken belästigte, was sich nicht ziemte, oder sie im Auge hatte, während sie ihm lauschten, Blicke, Klänge, Augen und Ohren verbunden im ernsten Spiel der Geschichten. Das geht eben nicht ohne Blicke, schärfte ich ihm ein, die Regeln sind weich wie Leder, sie halten uns, und sie schmiegen sich an unsere Körper. Nicht immer gilt alles für immer, ist dir das klar?

Nun traute Nime sich wieder, mich anzuschauen, er schürzte die Lippen, als sei das alles entweder zu verwickelt oder zu einfach für ihn, und atmete laut hörbar ein.

Aber nun hatten wir so viel darüber geredet, dass er die Leichtigkeit verloren hatte. Wir übten ein paarmal vor dem Besuch des Inspektors, er durfte vorne am Pult erzählen, und er murmelte nicht mehr mit angedrücktem Kinn in sich hinein, schaute auch in die Runde, und doch fehlte etwas. Es war so, als hätte sein Körper nicht begriffen, dass er nun wieder erzählen durfte. Er hielt sich sehr aufrecht, als müsse er eine Übung absolvieren oder die Hymne anstimmen, und seine Arme hingen am Körper herab, anstatt wie früher durch die Luft zu fahren, und er schaute nun zwar seine Zuhörer wieder an, aber einen nach dem anderen, als hätte er sich vorgenommen, niemanden zu vergessen.

Als der Inspektor kam und wir die Lieblinge nach vorne schoben, jeden, der etwas konnte, da fehlte Nime. Niemand hatte ihn entschuldigt, und er war noch nie krank gewesen. Ich stand mit Morgun an der Wand und hörte den anderen Kindern zu, wie sie Gedichte der alten Meister aufsagten und auch welche, die sie selbst hatten schreiben müssen, mit holpriger Silbenfolge und übertriebener Betonung, obwohl wir es so oft geübt hatten und ich ihnen bei jedem Fehler sanft den Stab in die Kniekehlen stupste. Der

Inspektor saß mit unbeweglicher Miene in der ersten Reihe, spielte mit seinem Kugelschreiber und klatschte nach jeder Nummer zweimal rasch in die Hände, ein abgekürzter Applaus, den wir sofort alle übernahmen. Dann fragte er nach den Rechenproben, die unsere Lieblinge vorführten, während die Hinteren anfingen, leise zu husten und zu schnauben und auf den Bänken hin- und herzurücken. Morgun ging nach hinten und stieß ihnen einen Zeigefinger in den Nacken, sobald sie zu viel Lärm machten, denn sie störten den Gesamteindruck, auf den es uns ankam.

Der Gesamteindruck ist eine ganze Seite in den Bewertungspapieren, die wir nie vollständig zu sehen bekommen, nur diese eine Seite wird uns jedes Jahr zwei Wochen nach dem Besuch des Inspektors zugeschickt, und es geht darin nie um einzelne Kinder. Jedes Mal findet der Inspektor ein Bild, das uns als Geschenk mitgeteilt wird, damit wir uns darüber Gedanken machen und an uns arbeiten können: Fertigungshalle, Fischerhafen, Beerdigung, wir hatten schon sehr unterschiedliche Bilder über die Jahre. In ihnen zeigt sich der Gesamteindruck, wie in einem Kunstwerk, das viele gemeinsam geschaffen haben, oder wie in unserer großen Mauer, die Stein um Stein errichtet wurde. Wir müssen ihn deuten und uns einen Reim darauf machen, es ist alles, was wir an die Hand bekommen, bevor der Inspektor im nächsten Jahr zurückkehrt.

Morgun und ich sitzen, nachdem wir das Papier des Inspektors empfangen haben, oft beieinander und überlegen, wie wir das Bild verstehen sollen. An einem Abend fühlen wir uns ermutigt, am nächsten scharf getadelt; jedes Bild kann man, bei wechselndem Licht und Tageszeiten, froh gestimmt oder ermüdet vom Tag, so oder so verstehen.

Morgun vermutet, dass die Inspektoren Dichter sind, denn wer wäre sonst in der Lage, solche Bilder zu finden. Mir fiele sicher nichts ein. Jedenfalls bewegen wir uns auf unsicherem Gelände; aber bisher sind wir nicht geschlossen und auch nicht verwarnt worden.

Seitdem wir einmal als Höhepunkt des Tages Nime eine Geschichte erzählen ließen, hatte sich der Gesamteindruck des Inspektors gewandelt. Festliche Tafel, hieß es nun auf dem Blatt, das uns geschickt wurde, Oper, Familienfeier, Orchester.

Auch diesmal hatte der Inspektor sich im Raum umgeschaut, so wie er es immer tut, hatte an die Wände geklopft und auf den Fußboden gestampft, ob alles dicht und gut in Schuss war. Obwohl die Dinge zu seiner Zufriedenheit zu sein schienen, drehte er sich ständig nach hinten um, auch als vorne schon die ersten Lieblinge ihre Lieder vortrugen. Ich wusste, dass er nach Nime suchte; er würde nachher fragen, und ich musste mir eine Entschuldigung ausdenken. Unruhig schaute ich wieder und wieder aus dem Fenster, jeden Augenblick konnte Nime über den staubigen Platz rennen, oder der Lieferwagen seines Vaters konnte in mein Blickfeld rollen, der vielleicht eine Panne gehabt hatte.

Morgun bemerkte meine Unruhe und warf mir ärgerliche Blicke zu, es kam darauf an, sich mit dem, was wir hatten, zu begnügen; dann würde auch der Inspektor zufrieden mit uns sein. Vielleicht gäbe es dann kein Bild der Festlichkeit, sondern etwas Einfaches, Vernünftiges, eine Werkstatt zum Beispiel oder einen gut geführten Chor.

Irgendwann hielt ich es nicht mehr aus, ging leise aus dem Raum und trat vor die Tür. Der gepflasterte Vorplatz, sorgfältig gefegt für den Besuch des Inspektors, lag in der Sonne; von drinnen hörte ich das monotone Auf und Ab einer alten Weise, die wir lange geübt hatten.

Und dann sah ich Nime, im Schatten des Geräteschuppens, an das Wellblech gelehnt, den Kopf auf den Knien. Ich ging so langsam hinüber, als hätte ich nicht all die langen Minuten auf ihn gewartet, und klopfte ihm auf die Schulter. Er schreckte hoch und starrte mich an. Ich hätte ihn tadeln sollen, aber es fiel mir nicht ein.

Warum kommst du nicht? Der Inspektor wartet, wir alle warten. Du schadest der Gemeinschaft, wenn du hier sitzt und heulst.

Ich heule nicht, sagte Nime höflich. Und es stimmte, sein Gesicht war nicht aufgeweicht, sondern schmal und entschlossen.

Widersprich mir nicht und folge mir sofort, sagte ich und wollte mich umdrehen, eine Wut stieg in mir auf, dass er mich hatte warten lassen, dass er einfach hier hockte und nicht einmal weinte, statt drinnen ein wenig Glanz zu verbreiten, die Wärme einer Geschichte, ein geschliffener Witz, jemand, der uns zu einem Publikum machte, zu dem auch der Inspektor gehören würde, ob er wollte oder nicht.

Ich habe es verlernt, sagte Nime.

Ich blieb stehen.

Alle wissen es, sagte er, sie hören nur zu, weil sie es so gewohnt sind. Aber sie wissen es, und ich weiß es, und auch der Inspektor wird es wissen.

Nime, das kann man nicht verlernen, sagte ich. Eine Zeit lang lief es nicht gut, aber nun kannst du allen zeigen, was du kannst.

Ich kann es nicht.

Es liegt nicht an dir, das zu beurteilen, sagte ich nun lauter, meine Wut wurde immer größer. Er benahm sich wie ein trotziges Kind und dachte nicht an die Schule, sondern nur an sich. Ich hatte ihn durcheinandergebracht, aber nun reichte ich ihm die Hand. Diese Einladung durfte er nicht ausschlagen, das schuldete er der Schule.

Ich wünschte, ich könnte berichten, wie er aufstand, mir in die Klasse folgte, sich ans Pult stellte und uns allen eine Geschichte erzählte, die uns zum Lachen und Weinen brachte, Applaus von den Kindern, sogar von den Hinteren, die sich aufgerichtet hatten und sich kein Wort entgehen ließen, Applaus von Morgun und mir und ein zufriedenes Nicken des Inspektors. Aber so war es nicht. Nime blieb am Schuppen sitzen, ich musste zurück in die Klasse, und als der lange Vormittag vorüber war, der Inspektor abreiste, wir die Fenster weit öffneten und erschöpft nach draußen traten, wo die Kinder erleichtert hin und her jagten, da war Nime verschwunden.

Am nächsten Morgen kam sein Vater mit dem Traktor vorgefahren, ein übellauniger, wortkarger Mann, schüttelte mir die Hand und reichte mir eine abgestempelte Krankschreibung, angefertigt von dem leitenden Arzt eines Medical Centers nicht weit von hier.

Ist er wirklich krank, fragte ich. Der Vater zuckte mit den Schultern.

Gesund ist er nicht, sagte er. Wir werden ihn eine Weile zu Hause lassen und dann in einer anderen Schule anmelden. Ich wusste, dass er log, und er wusste, dass ich es wusste. Ich sah ihm zu, wie er langsam seinen Traktor bestieg, er bewegte sich mühselig, und vielleicht war ihm so schwer ums Herz wie mir.

Die anderen Kinder trauten sich nicht, nach Nime zu fragen, aber sie redeten untereinander. Eine Weile habe ich jeden Morgen nach der Hymne, wenn schon alle auf ihren Plätzen saßen, noch einmal rasch die Tür einen Spaltweit geöffnet und hinausgeschaut, ob Nime vielleicht dort im Schatten saß und wartete, dass wir ihn hineinholten. Morgun zog mich damit auf.

Trauerst du noch um deinen kleinen Schauspieler, neckte er mich. Der spielt jetzt auf einer anderen Bühne. So sind sie, die Schauspieler, flüchtig wie der Wind, sie treiben hierhin und dorthin. Ich wehrte mich, wir hätten ihn halten können, sagte ich ihm, es ist unsere Aufgabe, jedem einen Platz einzurichten, auch dem Wind.

Morgun schüttelte nur den Kopf, was für ein Unsinn, wir sind doch keine Hausmeister für Wind und andere treulose Gesellen. Dein Nime ist ein Nichtsnutz, er hat sich vor der Prüfung gedrückt, soll er doch sehen, wo er bleibt.

Das Bild, das uns im Papier des Inspektors mitgeteilt wurde, war das Uhrwerk. Morgun gefiel das Bild, bis ich ihm erklärte, dass es nichts Langweiligeres gebe als völlige Zuverlässigkeit.

Lieber langweilig als nutzlos, behauptete er trotzig. Ich ließ ihn das letzte Wort behalten, damit er Ruhe gab.

Im folgenden Jahr wurden die Bewertungen umgestellt auf Punkte. Der Inspektor wurde ausgewechselt, und der Neue kam mit einem Computer und Tabellen. Seither müssen wir uns nicht mehr um Bilder streiten.

Und ich habe einen neuen Liebling gefunden. Er heißt Samu und kann singen wie eine goldene Nachtigall.

Der Abschluss

1996

Wir begannen jeden Tag mit einem Lied, das niemand mitsang. Es plärrte aus den Lautsprechern und dröhnte über uns hinweg, so laut, dass sich die Härchen auf unseren Armen aufstellten. Wir hielten uns gerade, obwohl die jüngeren Schüler uns vor den Blicken der Lehrer abschirmten, aber so machten wir es eben, und auf den schmalen, harten Stühlen ging es auch gar nicht anders. Dafür waren die Stühle in den Klassenzimmern und in der Prüfungshalle herrschaftlich rot gepolstert, eine Spende aus unbekannter Quelle. Auch die Lehrer in den vorderen Reihen saßen rotgepolstert. Ab und zu drehte sich einer von ihnen zu uns, um zu gucken, was sich in den hinteren Rängen abspielte. Wir schauten alle geradeaus, mussten nur die Lippen bewegen und nach vorne starren. Als wir kleiner waren, dachten wir uns Blödsinn aus, der sich reimte und genau in die Strophen passte, und wir versuchten, trotzdem ernst zu bleiben. Sicher machen das die Kleinen noch immer, so wie sie sich auch immer noch die Haare flechten und mit den Fingernägeln Rillen in die Sitzflächen kratzen.

Nime hatte so bewegliche Lippen, es sah aus, als sänge er aus voller Kraft und mit mehr Wörtern als die anderen.

Schon damals überlegte ich jeden Morgen, wie ich eine Hand auf seine Kehle legen könnte und ob seine Stimmbänder flatterten oder stumm in seinem Hals lagen und ob er schon einmal ein Mädchen geküsst hatte und ob ich diese Lippen einmal berühren würde. Ich weiß, dass viele, besoffen vor Müdigkeit und Langeweile, während des Appells an so etwas dachten, während der Direktor ein paar Worte in die abschwellende Musik hinein sprach und die Klimaanlage ansprang. Auch in den Oberklassen, während unsere Finger schrieben und Seiten umblätterten, schossen Blicke durch den Raum, unter die Kleider und über Hautpartien, an einer Kehle entlang, einem Ohr, an einer Zungenspitze, die zwischen Nimes Lippen hervorstieß, während er die Augenbrauen beim Rechnen runzelte wie ein Anfänger. Dabei waren wir alt genug, um selbst Kinder zu haben, unsere Eltern hatten in unserem Alter schon eine Familie gegründet. Es gab Paare, aber kaum Zeit, wir umschlangen uns rasch auf dem Hof, küssten uns gierig, wenn kein Lehrer in der Nähe war, lehnten aneinander. Zusammen lernten wir für den Abschluss, Busse fuhren uns morgens so früh zur Schule, dass wir mit den Köpfen gegen die Scheiben schlugen vor Müdigkeit, und nachmittags gleich zurück auf die Dörfer, und wir konnten froh sein, eine Chance zu bekommen, sagten die Eltern. Sie sagten es immer und immer wieder, so oft, dass wir noch nicht einmal mehr nickten, denn wir waren ja froh, und wir warteten auf unsere Chance, und es gab niemanden, der sie ausschlagen würde. Nime würde jede Chance nutzen, eifrig, wie er war, und höflich, auch wenn er sich in den Pausen manchmal allein in den Schatten setzte, aber das machte ihn nur noch begehrter.

Wir beobachteten ihn und rieten, was aus ihm werden würde und was aus uns werden würde, er war einer von uns und unter Beobachtung, und wir wussten auch, dass es nicht alle schaffen würden. Aber keiner sagte etwas.

Wir halfen uns gegenseitig, aber wir beobachteten uns ständig, denn wir wollten alle das Gleiche. Es zählte nur der Abschluss, auf den hin wir lebten und lernten, es war dasselbe, leben und lernen, und das war unsere Chance.

Es gab Tage, an denen ich alles vergaß, was ich gerade gelernt hatte. Ich versuchte, eine Aufgabe zu lösen oder eine Frage zu beantworten, schloss kurz die Augen, um in meinem Gedächtnis eine Spur zu finden, einen Faden, an dem ich ziehen konnte, aber es war so, als drehte ich mich in einem hohen leeren Raum um mich selbst und sähe immer nur weiße Wände, die langsam um mich kreisten, und auf keiner dieser Wände stand ein einziges Zeichen. Wenn das passierte, packte mich sofort Schwindel, und mein Herz schlug unter der Haut so heftig, dass ich dachte, man müsste es durch den Stoff der Schulbluse sehen, fast, als wäre ich verliebt. Ich riss die Augen auf, wartete noch einen Moment, ob es sich beruhigen würde, dann meldete ich mich zum Toilettengang, und auf dem Klo ließ ich mir kaltes Wasser über die Handgelenke laufen und schluckte eine der Tabletten, die Mosk uns auf dem Hof verkaufte.

Einmal kam Nime in den Waschraum, als ich gerade die Tablette aus der Alufolie drückte, ich weiß nicht, wie er in den Mädchentrakt geraten war und warum er plötzlich in dem grün gekachelten Raum stand, der sauber und trocken war wie eine gut ausgefegte Garage, als hätte sich hier niemand jemals ins Waschbecken übergeben oder den Kopf unter einen der Wasserhähne gehalten oder heulend an der

Wand gelehnt, jede Fliese und jeder Porzellanrand besudelt mit Flüssigem. Nime schaute sich um, als wäre er auf der Suche, und als er mich am Waschbecken sah, wie ich an der Packung riss, kam er rasch herüber und hielt meine Hände fest. Ich dachte jetzt nicht mehr an seine Kehle oder seine beweglichen Lippen, ich wollte die Tablette und wehrte ihn ab, stieß seine Hände weg. Sofort ließ er von mir ab, trat einen Schritt zurück und sagte leise, komm mit, wir gehen raus. Einen Moment lang fummelte ich noch an der Packung, dann steckte ich sie in die Bluse zu dem schwarzen und dem roten Stift, die wir immer mit uns führen mussten, und folgte ihm nach draußen.

Der Hof war leer, alle in den Klassenräumen, wo auch wir erwartet wurden, mit Tadel, weil wir nicht länger als fünf Minuten brauchen durften, um auszutreten. Später habe ich ihn gefragt, warum er gerade in diesem Augenblick auf mich gestoßen war, er lächelte nur und zuckte mit den Achseln. Wir standen auf dem Hof, der Schwindel hatte nachgelassen, und ich stemmte die Hände in die Seiten.

Was willst du, Nime?

Komm, sagte er noch einmal und reichte mir die Hand, und wir gingen zurück zu unserem Klassenraum in der zweiten Etage. Als wir wieder auf unseren Plätzen saßen, den rot gepolsterten Sitzen, unsere Fehlzeit vermerkt im roten Buch, ärgerte ich mich, dass ich ihm gefolgt war, es ist nicht meine Art, hinter jemandem herzulaufen und mich retten zu lassen, aber den Moment konnte ich nicht zurücknehmen und unsere verschränkten Hände auch nicht, zugleich schossen mir Bilder durch den Körper, wir beide, Hand in Hand. In der nächsten Pause cremte ich mir die

Hände ein, und die anderen Mädchen reichten meine Tube
herum und drückten sich Stränge in die Handflächen, bis
die Tube leer war und wir alle weiche Pfötchen hatten, bevor die nächste Stunde begann.

Weiche Pfoten für Nime, von nun an dachte ich ständig
daran, ob wir uns wieder an den Händen halten würden
und ob Nime wohl wusste, dass ich auch die Krallen aus-
fahren konnte, Malu, die Wildkatze, ich war stolz auf meinen Eigensinn, den ich gut verbarg, damit er heimlich umso
schöner blühte. Bei den Wettbewerben holte ich Punkte
für die Schule, ich rechnete schneller als die alten Taschen-
rechner, die sie uns austeilten, während die anderen Schu-
len schon die ersten Computer kauften.

Solange wir dich haben, Malu, brauchen wir keinen
Computer, sagte der Lehrer einmal, und das wog den Tadel
auf, den ich bekam, weil ich meine Nägel mit dem grünlichen Klebstoff aus unserem Schuppen lackierte und weil
ich die Schulblusen enger nähte, damit sie nicht wie Kutten
an mir herabhingen. Nime konnte schlecht singen und war
nicht gut mit Zahlen, aber er bekam selten Tadel und holte
Punkte für uns in den Erzählkämpfen, er hatte eine Art,
sich beim Erzählen mit kleinen Schritten tänzelnd hin und
her zu bewegen und dabei sein Publikum in den Blick zu
nehmen, dass jeder das Gefühl bekam, die Geschichte sei
nur für ihn ausgewählt. Wenn wir nach den Wettbewerben
nacheinander in den Bus stiegen, stellte ich mich so in die
Schlange, dass wir nebeneinander zu sitzen kamen, und
sobald die Innenbeleuchtung gedimmt wurde, fassten wir
uns an den Händen und hielten uns fest, bis wir in den
Schulhof einbogen.

Als wir später ein Paar waren, wollte ich immer, dass

Nime sich eine Geschichte für mich allein ausdachte und sie mir ins Ohr flüsterte, während wir uns mit weichen Pfoten berührten. Er versuchte es auch, aber ich erkannte jede Geschichte wieder.

Die hast du schon erzählt, Nime.

Er drehte sich auf den Rücken und überlegte angestrengt, bestimmt nicht, sagte er, ich habe sie doch gerade erst erfunden, aber er war so voll mit all den Geschichten, die er schon gehört und gelernt hatte, dass er vergaß, was er schon erzählt hatte, er musste sie vergessen, um sie jedes Mal zu erzählen wie neu. Also sagte ich ihm, er solle alles vergessen, was ihm jemals erzählt worden war, dies war ein neues Kapitel, eine neue Seite im Buch des Lebens, und er wollte es versuchen, ich sah ja, wie er sich bemühte, aber sobald er die Lippen bewegte und die ersten zwei oder drei Sätze fand, wusste ich, was kommen würde.

Sag lieber nichts mehr, sagte ich dann und legte eine Hand auf seine Kehle, ganz so, wie ich es mir damals gewünscht hatte, und als er beschämt lachte, spürte ich, wie es in seiner Kehle unter meinen Fingern gluckste. Nime wollte alles richtig machen. Alles, was er tat, geschah auf einer Bühne, und das strengte ihn an. Auch wenn ich ihm gern zuhörte, wollte ich kein Publikum sein, er hatte mehr als genug Zuhörer.

Wenn du eine Geschichte findest, die niemand kennt außer mir, dann kannst du sie mir erzählen, sagte ich ihm, und dann heirate ich dich. Er lachte. Das war unsere Abmachung, aber wir vergaßen sie ständig. In der Schule merkte lange niemand, dass wir ein Paar waren, ich stand oft bei den anderen Mädchen, erklärte ihnen Mathematik und ließ mich mit Tabletten bezahlen. Wenn Nime das sah, blickte er mir ins Gesicht und schüttelte kaum merklich den Kopf. Vielleicht glaubte er, dass die Liebe mir die Angst nehmen würde und seine Geliebte nichts zu befürchten hatte. Ich weiß es nicht, weil er selten verriet, was er dachte, wir hatten das nie geübt. Er saß immer noch oft allein an der warmen Betonwand, wo niemand ihm applaudierte. Wenn wir in den freien Stunden in den Ruheräumen lernten, war er doppelt so schnell wie ich, er konnte sich alles rasch merken, nur im Rechnen war ich schneller.

Nach dem Unterricht gab es eine halbe Stunde Wartezeit, bis die Busse einfuhren. Wir gingen hinter die Baracken mit den alten Möbeln und dem Brennholz und lehnten uns an die Wellblechwand. Zum Erzählen und für die Liebe war keine Zeit; mit einem Ohr lauschten wir auf die Motoren der Schulbusse, während wir uns küssten und uns versprachen, den Abschluss gemeinsam durchzustehen. Nime sah mir ins Gesicht, nie wandte er den Blick ab, auch nicht beim Küssen, es war, als müsste er sich irgendwo festhalten, und manchmal wurde es mir zu viel, ich machte die Augen schmal wie eine Katze und drehte ihm den Kopf zur Seite. Als wir einmal die Tür der Baracke aufdrückten und drinnen auf alten Turnmatten die Zeit vergaßen, verpassten wir die Busse und standen ratlos im staubigen Licht.

Ich wusste nicht, wo er zu Hause war, man besuchte einander nicht. Ab und zu fragte ich ihn nach seiner Familie, aber er sagte nicht viel.

Ich werde sie sowieso kennenlernen, drohte ich.

Das möchte ich dir gern ersparen, sagte er, und ich wusste nicht, ob er damit meinte, wir würden uns sowieso trennen, oder ob seine Familie zum Fürchten war. Beides stimmte nicht, wir trennten uns erst, als die Kinder groß genug waren, und seine Familie war erschöpft und missmutig wie viele auf dem Land, die zu viel arbeiten, aber sie taten, was sie konnten.

Schließlich nahm ich ihn mit nach Hause zu meinen Eltern, die beide Lehrer waren und ihn ausfragten, er schnitt gut ab. Mit einer Geschichte über das Lachen in den Zeiten der Mauer, die ich schon öfter gehört hatte, gewann er sie schließlich ganz, er erzählte mit warmer, verheißungsvoller Stimme, als hielte er ein kostbares Gastgeschenk in der Hand und wüsste schon im Voraus, dass die Freude groß wäre. Meine Eltern nahmen das Geschenk an, lachten über die Geschichte vom Lachen, und wir saßen länger an der gedeckten Tafel, als ich befürchtet hatte, Nime benahm sich fast so, als wolle er meine Eltern umwerben, und ich schaute ihm über den Tisch hinweg zu, wie er ihnen die Schalen reichte und Wasser nachschenkte, mit einer Spur von Eifersucht.

Meine Eltern sind, anders als Nimes Familie, von Ehrgeiz erfüllt und wollten ihre Tochter an der Spitze sehen, so sagten sie es, egal an welcher Spitze, aber eben ganz weit vorn, dafür zahlten sie, dafür durfte ich alles lernen, was man für Geld lernen konnte, aber das Einzige, was mir wirklich gefiel, war das Nähen. Ich wollte nicht mit durchgebogenem Rücken und einer Geige unter dem Kinn stundenlang vor dem Spiegel stehen und auch nicht von der Decke hängen und mich über Hürden schleudern, all diese Sportwettkämpfe in Hallen mit Gummiböden, wo alle Geräusche klangen, als riefe jemand laut mit einer Schüssel über dem Kopf. Was ich wollte: Stoffbahnen säuberlich übereinanderlegen, mit der scharfen Stoffschere die Schnittmuster nachschneiden, immer wieder die Schönheit

90

des sauberen Schnitts, den feinen Stich der Stecknadeln, die Präzision der Maschine, die uns nicht gehörte, wir liehen sie uns fünfmal im Jahr. Vielleicht könnte ich an der Spitze der Näherinnen stehen, schlug ich den Eltern vor und zeigte ihnen ein T-Shirt mit tiefem Ausschnitt, das ich aus einer alten Tischdecke zugeschnitten hatte.

Das kannst du in der Schule auf keinen Fall anziehen, sagte Mutter, aber das hatte ich ja auch gar nicht vor.

Warum nähst du immer so enge Teile, das ist doch aufreizend.

Mama, sagte ich, du weißt doch, wie die Schulbluse aussieht, meinst du, darin kann man sich wohlfühlen?

Die Schule hat die Uniformen aus gutem Grund so entworfen, wie sie sind. Du musst dich in diesem Land zum Glück nicht zurechtmachen, um es zu etwas zu bringen, sagte Mama. Ich schaute sie an, sie trug eine weiße Kutte und sah aus wie eine Malerin, es stand ihr, aber ihren Körper konnte man nicht erkennen.

Nähen ist gut und schön, beharrte sie, aber nähen können viele, du hast ganz andere Talente, die du für die Gemeinschaft entwickeln musst – du kannst doch so gut rechnen. Wir redeten immer wieder darüber, und irgendwann beschloss sie, die Maschine unserer Nachbarn nicht mehr auszuleihen, damit ich nicht auf den Geschmack käme, und als ich Nime mitbrachte, der viel wusste und große Pläne hatte, dachte sie sicher, ich hätte endlich meinen Weg gefunden. Aber Nimes Pläne waren nur Geschichten, und auch ich erzählte ihm meine Geschichte, wie ich den Nachbarn die alte Maschine abkaufen und Stoff aus der Stadt organisieren würde, wie ich in einem Schuppen meine Näherei einrichten und gewagte Stücke entwerfen würde, es würde sich herumsprechen, und ich würde den Frauen ihre Konturen zurückgeben, die eckigen Zelte, in denen sie ihre Körper vergaßen, würden abgeschafft.

Würden abgeschafft?

Werden abgeschafft, sagte ich, wir schaffen sie ab. Also ich. Und dann kriegen wir viele Kinder und ziehen sie so bunt an, dass die Polizei kotzen muss.

Wie viele Kinder, fragte Nime vorsichtig. Er sah ernst aus, dabei wusste er doch, dass Geschichten einen nur bedrohen, wenn man an sie glaubt.

Zehn, rief ich, bist du dabei?

Er starrte mich an, bis ich ihm die Hand über die Augen legte. Wir legten uns aufs Bett, mein Fuß in seiner Hand, und hörten auf zu sprechen. Seine Hand war warm und umfasste meinen Fuß wie ein fester Verband.

Wir hatten also eine Verabredung, an die wir nicht glaubten.

Viel Zeit hatten wir nicht mehr bis zur Prüfung, meine Eltern holten mich nun jeden Tag von der Schule ab, damit ich nicht mehr auf den Bus warten musste und mehr Zeit zum Lernen hatte, und kochten mir Fisch und Meeresfrüchte, als Nachtisch gab es Vitaminpräparate, ich wurde gepflegt wie ein kostbares Rennpferd, und zum Nähen und für Nime blieb keine Zeit. Den anderen ging es ähnlich, die meisten nahmen zu und sahen rosig aus, aber manchen schlug es auch auf den Magen, und Mosk verkaufte seine Tabletten besser als jemals zuvor. Auch Nime wurde nun zur Schule gefahren, und ich beobachtete am Steuer des alten kleinen Wagens seinen Vater, von dem er so wenig erzählt hatte; ein dürrer Mann vom Land, mit strengem Blick und den Faltenkränzen um die Augen, die man nicht vom

Lachen, sondern von der Mittagssonne auf dem Feld eingebrannt bekommt.

Wir beobachteten uns nun gegenseitig, wie wir durchhielten, wer schwächelte, an die Spitze kommen nur wenige, und keiner hatte mehr Zeit für Freundschaft. Jeden Morgen beim Singen stand ich dicht neben Nime und beobachtete seine glänzenden Lippen, und unsere Hände berührten sich. Seine Stimme hörte ich kaum, denn er bewegte nur die Lippen. Aber dann trieb sich jeder allein voran durch den Tag, wir lernten den Stoff, bis uns schwindelig wurde, acht, zehn, zwölf Stunden, niemand traute sich, weniger zu arbeiten. Auch ich mit meinen Geschichten vom Nähen, für das ich nicht viele Punkte gebraucht hätte, trank meine Mineralien und aß den Fisch, den meine Mutter mir in meine Suppendose gelegt hatte, und lernte Mathematik, um noch besser zu werden, als ich es schon war. Wir unterhielten uns nicht darüber, was wir taten, das machte niemand, es hätte uns abgelenkt.

Am Tag der Prüfung fuhren uns die Eltern zur Schule. Über hundert Wagen, schimmernde neue, alte mit Dellen und verschlammten Reifen, mehrere Traktoren und zwei Eselskarren verstopften die Straßen um das Schulgebäude, überall Hupen und lautes Geschrei, die Schüler stiegen aus und gingen die letzten Meter zu Fuß, die Eltern riefen Segenswünsche hinterher, manche beteten. Meine Eltern legten mir die Hände auf die Schulter, berührten meine Stirn mit den Lippen und flüsterten das Gleiche wie Hunderttausende Eltern im ganzen Land: Dies ist deine Chance, Malu, ergreife sie. In diesem Moment schwor ich mir, meinen Kindern, wenn ich jemals welche bekäme, niemals einen Rat zu geben, niemals einen Segen zu erteilen und nichts von ihnen zu erwarten. Ich schaute mich um, ob ich Nime irgendwo entdeckte, in der Prüfungshalle würden wir uns nicht aussuchen können, wo wir saßen. Wir drängten durch das Schultor, immer noch schrien und winkten Eltern am Zaun, und mussten uns am Portal ausweisen. Die Lehrer standen an den Wänden wie Wachposten und beobachteten uns, als hätten sie uns noch nie gesehen.

Da sah ich Nime vor mir, sein weiches, halblanges Haar, seinen schmalen, etwas vornübergebeugten Körper, eine riesige Umhängetasche um den Nacken geschlungen, es war mir noch nie aufgefallen, dass er sich nicht gerade hielt, und ich wollte unbedingt zu ihm, um kurz seine Hand zu drücken und ihm Glück zu wünschen, es kam mir plötzlich dringend, ja fast überlebenswichtig vor, als hinge auch mein Glück davon ab. Aber der Gang war blockiert, alle drängten und drückten voran, als könnten sie es nicht aushalten, oder vielleicht wollten sie, so wie ich, einem Freund die Hand drücken. Jemand rief nach mir, aber ich drehte mich nicht um, ich musste Nime erreichen und ihn berühren, sonst würde mich das Glück verlassen, der weiße Schwindel käme, ich würde meine Eltern gewaltig enttäuschen, Nime musste mir Glück bringen, bevor wir an unseren Einzelpulten saßen und Bogen um Bogen ausfüllten, und vielleicht würde ja auch ich ihm Glück bringen, dann könnten wir zusammen an die Spitze, mir fiel nichts anderes ein als dieses Wort, das ich so oft gehört hatte, und an der Spitze der Schülerschar lief Nime, die Umhängetasche schlug gegen sein Bein.

Ich rief nach ihm, obwohl ich niemandem hinterherlaufe und mich von niemandem retten lassen will. Wenn er sich umdreht, dachte ich, dann haben wir Glück, wir erreichen

94

die Spitze, er erzählt mir eine Geschichte, die noch nie erzählt wurde, nur für mich, damit ich ihn heiraten kann, und wir bekommen so viele Kinder, wie wir wollen.

Nime, rief ich, noch nicht einmal besonders laut, und blieb stehen. Die Schüler hinter mir drängten in mich hinein, überall Schritte und Gemurmel, Nime konnte mich nicht gehört haben, und er blieb auch nicht stehen, sondern ging zügig voran in die taghell ausgeleuchtete Halle, und ohne Glück schrieben wir die Prüfungen, wir vergaßen das Gedränge und die Eltern und einander, ich dachte nicht mehr an Nime, mit dem ich so wenig Zeit verbracht hatte, viel weniger Zeit als mit meinen Eltern und meinen Lehrern und dem Stoff, der in mich eingedrungen war wie Nahrung.

Wir schrieben alles, was wir jemals gelernt hatten, in die Zeilen, die dafür vorgesehen waren, langsam, beharrlich und gleichmäßig, als hätten wir uns unser Leben lang nur auf diesen Tag vorbereitet, und so war es ja auch, wie die Windhunde, die beim Startschuss aus den Boxen schießen, rannten wir unsere Bahnen, und ich dachte kein einziges Mal an die Nähmaschine und nicht an Nimes Haut und die Geschichte, die er mir versprochen hatte. Geschichten, dachte ich, kann man erzählen, aber man muss sie auch aufschreiben, und wir alle, auf unseren rot gepolsterten Stühlen in der Prüfungshalle, schrieben um unser Leben. Als hinter mir ein Mädchen anfing zu weinen, drehte ich mich nicht um. Ich hatte keine Zeit zu verlieren.

Als wir am Ende des Tages abgeben mussten, die Vorratsdosen leer gegessen, mit verkrampften Fingern und vollen Blasen, und die Lehrer sich von den Wänden lösten und von links und rechts durch die Reihen gingen und uns entließen, ging ich langsam zum Ausgang. Dort wartete Nime.

Du hast mir kein Glück gewünscht, sagte ich.

O doch, sagte er, hast du es nicht gespürt.

Es muss ausgesprochen werden, Nime. Das weißt du doch.

Ich wünsche dir Glück, sagte er so laut, dass sich die Lehrer am Eingang nach uns umdrehten.

Na endlich, sagte ich, jetzt können wir heiraten. Und wir fingen beide an zu lachen, als hätte ich einen Witz gemacht, und vielleicht hatte ich das auch, wir pressten uns die Hände auf die Münder und lachten durch die Finger, um uns herum lachten die anderen und heulten, jemand schlug gegen die Wand, ein Mädchen kniete auf dem Boden, manche drehten sich im Kreis und zerrissen Papier. Lachend gingen wir durch die Gänge, und als wir nach draußen traten, reichten wir uns die Hand. Die wartenden Eltern waren außer sich, Hunderte von ihnen pressten sich an den Schulzaun, schwenkten glitzernde Bänder und Fahnen und bewarfen uns mit gelben Pflaumen und Teeblättern. Das bringt Glück, Nime, jetzt haben wir mehr als genug.

Besuche

2008

Seitdem Nime weg ist, wissen wir oft einfach nicht weiter. Wir versuchen, uns vorzustellen, was er zu Son und Zani gesagt hätte. Er ist ihr Vater, vielleicht wüsste er besser als wir Alten, was zu tun ist.

Oft wollen die Kinder abends nicht schlafen, sie irren durch die Hütte und streiten sich. Son tritt gegen die Wand vor Wut, wenn Zani ihn lange genug ärgert. Sie hat eine hohe, sirrende Stimme, wie eine Stechmücke schwirrt sie um ihn herum und fuchtelt mit ihren dünnen Armen. Sie wird einfach nicht runder, auch wenn wir sie jeden Tag zwingen, mehr zu essen, als sie will, damit Nime nicht sagen kann, wir hätten sie vernachlässigt. Man kann ihre Rippen sehen, Brüste hat sie nicht, und ihre Haare sind fein und dünn.

Ich weiß nicht, sage ich zu Han, müssen wir etwas tun? Vielleicht braucht sie mehr Vitamine.

Sag es ihrem Vater, murrt Han, wir tun, was wir können, davon ist noch jeder satt geworden.

Han tut so, als sei es ihm egal, was Nime sagt. Dabei wartet er genau wie ich auf den Tag, an dem Nime wieder an die Tür klopft.

Son, wie Zani ein hastiges, dünnes Kind, schlenkert die Arme, als wären seine Schultergelenke aus Gummi. Vielleicht ist das gut, wenigstens ist er beweglich und kann auf die Bäume klettern, um die Pflaumen herunterzuholen, die Han vergessen hat zu ernten. Son bringt sie mir, und ich streichele seinen harten kleinen Schädel, der mich an seinen Vater erinnert, Nime den Dickkopf, der in der Stadt eine Arbeit hat, von der er uns nichts erzählt, als könnten wir es nicht verstehen.

Wir warten auf Nimes Rückkehr. Nime und all die anderen, die Jungen.

Sie kommen erst, wenn es warm wird, sage ich zu Han, vielleicht ist es dann zu spät.

Zu spät für was, murmelt er, sie werden schon kommen. Ich mache mir zu viele Sorgen, und bei jeder einzelnen Sorge hoffe ich auf Nime. Wenn er wüsste, wie viele Sorgen er mir nehmen könnte, wäre er morgen hier. Als er noch da war, hat sich alles von allein geregelt. Er hat die Kinder auf seinen Knien reiten lassen wie in einem amerikanischen Film. Wenn sie Fieber hatten, saß er nachts an ihren Betten und nahm einen ihrer Füße in seine große Hand. Das hat er von mir, ich hielt seinen Fuß immer, wenn er krank war, damit das Fieber durch die Fußsohlen entweichen konnte. Er hat sich alles gemerkt, was guttat. Auch mir brachte er, solange wir zusammenwohnten, heißes Wasser mit Ingwer und in Wermut gekochte Birnen. Er schälte das Obst langsam, mit einem geriffelten Messer, das er vielleicht mit auf die Reise genommen hat, jedenfalls kann ich es nicht mehr finden. Und er wusste immer etwas zu erzählen. Er hat sich alle Geschichten gemerkt, die ich ihm jemals erzählt habe, auch die aus den Fernsehfilmen und den Heften, die ich im

Winter las, er hat sie mir neu erzählt, und wenn ich lachte und weinte, war er zufrieden. Später hat er für die Kinder neue Geschichten erfunden, er saß an ihrem Bett, die Hände um ihre Füße geschlossen, schaute aus dem Fenster, vor dem die Katzen in der Dämmerung balgten, und erzählte mit leiser Stimme, bis sie aufhörten zu zappeln und ruhig und ernst dalagen.

Als er dann weg war, habe ich Son und Zani danach gefragt. Ich dachte, sie könnten mir ein paar Hinweise geben, damit ich übernehmen und ihnen abends Geschichten erzählen könnte, denn sie gaben sonst keine Ruhe, traten sich unter der Decke, und manchmal heulten sie. Aber sie verrieten mir nicht, was Nime ihnen erzählt hatte.

Worum ging es denn, fragte ich, ihr könnt es mir ruhig sagen. Aber sie schauten sich nur an und schüttelten dann beide den Kopf. Manchmal hole ich sie vor den Fernseher, der abends läuft, bis wir einschlafen, und lege ihnen die Arme um die Schultern. Ich breite die Decke über uns, auf der sie früher im Garten lagen, während ihre Mutter die Hühner fütterte und die Schuhe abbürstete. Sie lehnen sich an mich, dünne, unruhige Körper, bis uns allen zu warm wird.

Der Winter will nicht aufhören. In Kirthan sieht man die Sonne so selten wie das Auge einer Fledermaus, sagen wir, und in diesem Jahr noch seltener als je zuvor. Niemand kann sich an ein ähnlich verdorbenes Jahr erinnern. Das Futter für die Tiere ist staubig geworden und zerfällt in den Traufen zu Bröseln. Löcher im Fell der Ziegen. Wir treten sie, wenn sie nicht mehr aufstehen, und mischen ihnen Antibiotika ins Heu. Die Hühner, deren Eier winzig und bleich geworden sind, eilen mit dürren Hälsen um die

Hütten, als hätten sie etwas verpasst, und scharren im Müll. Niemand will sie essen, mager, wie sie sind. Selbst die Katzen, die wir pflegen wie Kinder, haben einen schütteren, stumpfen Pelz bekommen und liegen mit halb geschlossenen Augen hinter den Schuppen.

Als das neue Jahr begann, standen wir beieinander, eingeschlagen in Pelzmäntel und Abdeckfolien, und reichten heißen Wein herum. Wir schauten in den Himmel und ins Internet, wann der ewig weißgraue Himmel aufreißen, wann der Regen kommen und den Staub von den Feldern und aus den Schöpfen der Kinder waschen würde.

Noch im April, Monat der Würmer, war die Erde so fest und hart, das Gras so trocken und bitter, dass in den Gärten und auf den Feldern alles tot blieb. Hier und da einige zähe Triebe, Flecken von sumpfigem Grün, damit konnten wir nichts anfangen. Wetten wurden abgeschlossen, die niemand gewann. Wenn wir die Kinder morgens für die Schule fertig machten – eines in jedem Haus, zwei bei uns – schlangen wir ihnen wollene Tücher um die Hälse, zogen ihnen bunte Plastikmützen über die Köpfe und rieben ihnen die rissigen Lippen mit Öl ein. Noch eine heiße Rotkartoffel in die Tasche, an der sie sich die Finger wärmten, wenn sie an der Kreuzung auf den Bus warteten, der manchmal kam und manchmal nicht, wenn der Fahrer in der Nacht zu viel gehustet oder schon am Morgen Schnaps getrunken hatte, um sich aufzuwärmen, und dann den Zündschlüssel nicht mehr fand. Wenn er nicht kam, kehrten die Kinder in die Hütten zurück und strichen um die Computer, die uns die Jungen schenken, wenn sie aus der Stadt heimkommen.

Die Jungen, auch Nime, sind vom Schenken nicht abzubringen, sie schenken mit vollen Händen, als wären sie nur deswegen zurückgekommen. Als Nime und Malu noch bei uns waren, gab es nicht viel zu schenken. Es war auch nicht üblich, zu den Geburtstagen tranken die Alten Schnaps, und die Kinder bekamen Eier im Glas. Einmal schenkte Nime Malu ein Buch mit Fotos von all den Orten, an die er mit ihr reisen wollte.

Ich schlage es auf, lachte sie, und du versprichst mir, dass wir dorthin fahren?

Nime nickte. Malu schloss die Augen, fuhr mit den Fingern über die Seiten und schlug eine Seite mit Big Ben auf. Alle klatschten und gratulierten ihr, als ginge die Reise schon am nächsten Tag los. Nime nickte ihr zu, es war beschlossene Sache, sie würden nach London fahren. Ich lachte mit den anderen, aber insgeheim glaubte ich ihm, und ich wünschte mir selbst diese Reise mehr als alles andere im Leben. Dorthin wollte ich mit Nime fahren, und ich beneidete Malu mit einer Hitze, die mir die Backen heiß machte. Zum Glück merkte es niemand. Wenn ich lange nichts von Nime höre, stelle ich mir noch heute vor, er stünde vor Big Ben, lauschte den Glockenschlägen und hielte Malu an der Hand, oder besser mich, und an guten Tagen: uns beide, eine rechts, eine links.

Heute ist es anders mit dem Schenken, die Jungen haben damit angefangen. Wenn sie zurückkehren, wiegen sie die lange Zeit mit Geschenken auf, sie schleppen Tüten und Taschen, um den Nacken geschlungen, auf den Rücken gezurrt, in hohen Stapeln festgebunden auf den Gepäckträgern der Roller. Man sieht sie kaum zwischen all den Päckchen und Boxen. Wir wissen nicht, was sie ausgegeben haben, um uns zu beschenken. Niemand hat sie darum gebeten, all die Sachen mitzubringen, aber sie würden niemals mit leeren Händen zurückkehren.

Was wir wirklich brauchen, haben sie längst vergessen. Sie bringen Uhren und Playstations, elektronische Waagen und Bälle, die im Dunkeln leuchten, Lasertaschenlampen und Mikrofone. Die Kinder reißen die Pakete auf, drehen die Geräte in den Händen.

Haben wir heute Strom?

Wir stellen uns auf die Waagen und lachen, die Kinder schleudern die Bälle über den dämmrigen Platz und blenden sich mit den Lampen, bis wir es ihnen verbieten, weil Laser blind macht.

In der Stadt werden mit Laserstrahlen Augen operiert, erklären die Jungen. Das wissen wir längst, wir sehen ja die Berichte, aber die Jungen haben auch vergessen, was wir wissen. Wir nicken also, damit die Jungen stolz sein können, dass sie so viel von der Welt gesehen haben, und sagen den Kindern, dass sie sich bedanken sollen für die Geschenke. Ungeschickt schütteln sich alle die Hände, klopfen einander auf die Schultern. Ich weiß nicht, ob sich die Kinder freuen, sie drücken gierig auf den Tasten und Knöpfen der Geräte herum, obwohl sie wissen, dass alles rasch kaputt geht und wir es nicht reparieren können. Nime weiß nicht, wohin mit den Händen, wenn die Kinder ihn ungeschickt umarmen, er tätschelt sie an der Schulter, oder er drückt sie zu fest, während sie doch längst wieder wegstreben. Früher wusste er genau, wie er die Kinder halten musste, damit sie sich an ihn lehnten und die Augen schlossen.

Man kann die Sprache der Liebe verlernen, Nime, sage ich ihm, es gilt für alle, für die Alten und die Jungen, man muss üben, sonst weiß man nicht mehr, wie es geht.

Er starrt mich an.

Ach ja, und wie soll ich sie üben, deine Sprache der Liebe, deiner Meinung nach? Mit wem? Und meinst du, du sprichst sie besser als ich?

Es gibt keine Antworten auf seine Fragen, er hat es auch nicht erwartet, aber seinen Blick ertrage ich nicht und schaue weg.

Die Jungen sind nicht mehr so jung, sie sind ja alle selbst Eltern, und doch halten wir ihre Hände, wenn sie heimkehren, als wären sie noch Kinder, die sich auf dem Schulweg verirrt und endlich zurück nach Hause gefunden haben. Für uns sind sie unsere verlorenen Söhne und Töchter, denen wir lange in die Gesichter schauen, weil wir sie kaum erkennen. Sie kommen einmal im Jahr, nie wissen wir im Voraus, wann es so weit ist. Sie rufen uns an, wenn sie auf dem Weg sind, oft erst, wenn sie fast schon den Schlot unserer Brennerei und den Silo neben den Feldern am Horizont sehen, sodass wir kaum Zeit haben, um die Hütten aufzuräumen, den Müll aus dem Hof zu fegen und die Kinder zu waschen. Wir können nicht alles ständig auf Hochglanz polieren. Es würde auch niemand bemerken. So machen wir Ordnung, wenn es Grund dazu gibt.

Wir wissen, dass sie Geschenke bringen, um uns zu beweisen, dass sich alles gelohnt hat, die lange Zeit weg vom Dorf, die harte Arbeit in der Stadt, die Kinder, die in der Tür stehen, als wären Fremde zu Besuch, denen man nicht zu nahe kommen sollte. Wenn sie es bis ins Dorf geschafft haben, zittern sie vor Müdigkeit. Sie sind zu müde, um all die Speisen zu genießen, die wir ihnen aufgetischt haben, zu müde, um die Gedichte zu hören, die die Kinder für sie das ganze Jahr über in der Schule auswendig lernen, jede

Woche eins. Und auch zu müde, um uns von ihrem Leben zu erzählen, das wir uns nicht vorstellen können, auch wenn wir im Fernsehen Berichte darüber sehen, während sie unser Leben ja kennen. Sie haben es selbst gelebt, bevor sie die Hosen gebügelt und den Griff des Reisekoffers mit starkem Draht umwickelt haben, damit er den ganzen Weg über hält, um dann in Überlandbusse zu steigen, die so teuer sind, dass wir dafür zusammenlegen mussten, und für Wochen, Monate oder auch Jahre zu verschwinden, sich aus unseren Gedanken herauszuschneiden, während wir ihre Kinder hüten, ihre Gärten gießen und auf das Geld warten, das sie uns schicken.

Wir altern jeden Tag, sage ich zu Han, sie werden uns nicht wiedererkennen.

Ach was, sagt Han. Es ist ihm gleichgültig, wer ihn im Spiegel anschaut, und dass er die Jungen vermisst, merke ich nur, wenn er abends in den Fernseher starrt, als könne er sie dort finden.

Als ob sie uns nicht wiedererkennen würden, sagt Han, wir würden doch Nime selbst nach zwanzig Jahren wiedererkennen und er uns auch.

Ich weiß nicht, sage ich, gut, dass er jedes Jahr kommt. Man kann sich auf die Erinnerung nicht verlassen, sein Gesicht ist jedes Mal fremd für mich, und ich brauche eine Weile, bevor mein Herz sich für ihn erwärmt.

Wie er stumm am Küchentisch hockt, während ich Suppe koche und ihn dies und das frage, was er denn isst in der Stadt, wo er schläft und wer nach ihm schaut, wenn er krank ist. Nach Malu frage ich gar nicht erst. Er fährt mit dem Finger auf der Tischplatte herum, als wolle er einen Stadtplan nachzeichnen.

Hast du jemanden, der dich versorgt, frage ich, oder bist du niemals krank. Als Kind warst du sehr empfindlich, das Fieber stieg schnell bis zur Decke, und man konnte dich kaum noch anfassen, so heiß warst du.

Ich warte, dass er sich erinnert und mich anlächelt. Aber er schaut nur schweigend vor sich hin, dann sagt er leise, wenn ich krank bin, dann gehe ich in eine Apotheke, Mutter. Verstehst du. Ich brauche keinen Doktor, keinen Tee und keine Eltern, die ihn mir kochen, ich gehe einfach in einen Laden und kaufe Medikamente, die mich heilen. Es klingt, als wäre die Apotheke ein Triumph, etwas, worauf er stolz ist. Er tut so, als wüsste ich nicht, was eine Apotheke ist. Wir kommen hier auch ganz gut zurecht, sage ich rasch, wie du weißt. Denn wir müssen ihm nicht leidtun, und mit seiner Apotheke braucht er nicht zu prahlen, ein Geschäft für Pillen hat uns gerade noch gefehlt.

Han ist es gleich, ob Nime uns vergisst oder nicht. Aber dass die Kinder ihre Eltern vergessen, das macht ihm Sorgen, und dass wir nicht stark genug sind, diese Kinder zu führen. Ohne Vater tun sie, was sie wollen, sagt Han, sie helfen uns nicht, im Dorf grüßen sie niemanden, als hätten sie es nicht nötig. Und Malu haben sie längst vergessen. Er hat recht. Seitdem Nime und Malu vor Jahren das Dorf verließen, habe ich immer wieder die Kinder beobachtet, wenn sie auf dem Platz spielen, wild und zugleich fahrig, sie beginnen ein Spiel und brechen ab, um mit Steinen nach den Katzen zu werfen, am Brunnen spritzen sie sich nass, und wenn jemand Wasser holen will, toben sie herum und lassen niemanden durch.

Wenn Nime das wüsste, sagt Han, wir sollten sie bestrafen, aber wir haben nicht die Kraft, und sie achten uns nicht, sie fürchten uns weniger als den alten Flo. Malu hätte sie zu fröhlichen Menschen erzogen, denke ich manchmal, und wer fröhlich ist, muss anderen nicht im Weg sein. Ob ich Malu noch erkennen würde, weiß ich nicht, sie wird graue Strähnen haben, vielleicht nicht mehr alle Zähne, ich weiß auch nicht, ob sie nachts bei einem anderen liegt und ob sie sich an ihre Kinder erinnert, und wenn nicht, wie sie es geschafft hat, sie zu vergessen.

Als Nime zum ersten Mal ohne sie zurückkam, hat sich niemand getraut, ihn zu fragen. Dabei konnte man ihn früher alles fragen, und er hat mir alles erzählt, jedenfalls habe ich das geglaubt. Er hat von Malu erzählt, wie er sie kennenlernte, in der Schule, vielleicht beim Rechenwettbewerb, denn sie war eine der Besten. Und wie er sie seitdem immer wieder traf. Von ihrer Fröhlichkeit und auch, dass sie widerspenstig war und immer auf eine ganz besondere Geschichte aus. Sie glaubte, das stünde ihr zu. Das gefiel ihm besonders und auch ihre eingecremten Hände, so weich und buttrig, als hätte sie nie gearbeitet. Um die Hände habe ich sie beneidet, und wenn sie die Kinder streichelte, wünschte ich mir beinahe, sie würde auch mir über den harten Nacken fahren, aber das hätte ich niemals laut gesagt.

Der alte Flo hat keine Zähne mehr und keine Kinder, die ihm Geld schicken könnten, um neue zu kaufen. Er kratzt sich ständig, und seine Augen sind gelb und wässrig wie angeschmolzene Butter. Die Kinder lachen ihn aus, wenn er langsam über den Platz geht, schief, die Hände tief in den Taschen seines fleckigen Mantels, die weichen Lippen ins Gesicht gesunken. Aber wenn er dann stehen bleibt und sich langsam umdreht, mit halb offenem Mund und verlaufenem Blick, stieben sie auseinander und kreischen laut.

Seine Hütte hat keine Fenster, nur im Winter nagelt er Pappe und alte Bretter davor, aber weil er niemanden hineinlässt, weiß keiner, wie es drinnen aussieht und wie er es aushält.

Jedenfalls fürchten die Kinder ihn, aber uns nicht, sagt Han, und ich merke, dass er es leid ist. Er glaubt an die Ordnung der Generationen und möchte, dass seine Enkel ihm Dinge aufheben und den Mantel umlegen, dass sie seinen Teller vom Tisch nehmen, wenn er satt ist, und für ihn spülen.

Dass sie es nicht tun, liegt nicht nur daran, dass Nime auf und davon ist, sage ich zu Han, es sind andere Zeiten, du kannst das nicht erwarten. Han winkt ab, eine verächtliche Handbewegung, die ich zu hassen gelernt habe. Das hätte er früher niemals gemacht, er war immer sanft und höflich zu mir, aber nun verwildert er, denke ich. Aber das sage ich nicht zu Han, weil ich mich nicht beschweren soll. Ich tue es ja auch nicht. Ich lasse es über mich ergehen, aber dafür finde ich, wenn einmal im Monat eine Karte von Nime eintrifft, ein gutes Versteck und verberge die Karte dort, bis ich sie auswendig kann, bevor ich sie Han Tage später auf das Kopfkissen lege. Und wenn er allzu oft verächtlich schaut und mich kurzhält, behalte ich sie ganz für mich und lächele geduldig, wenn er sich beschwert, wie selten Nime sich bei uns meldet, wo wir doch alles tun, um ihm seine Abenteuer zu ermöglichen.

Es sind keine Abenteuer, erwidere ich höchstens, er tut es für uns. Du weißt, dass er lieber hiergeblieben wäre. Er arbeitet für uns und die Kinder.

Hier, fragt Han und dreht sich um die eigene Achse. Wer, der wegkönnte, würde hierbleiben?

Wenn ich morgens früh aufstehe, um die Kinder zu wecken, die Beine in die Kälte hinein, die Füße auf den kühlen Beton, huste ich so laut, wie es geht, um meine Kehle freizubekommen, und wenn Han dabei aufwacht, tut mir das leid. Es ist schwer, die Kinder aus den Betten zu treiben, sie wollen liegen bleiben, im Haus ist es fast so kalt wie draußen, die Luft steht klamm in den Zimmern, und ich kann ihnen keine Leckereien auftischen, um ihnen den Tag zu versüßen. Sie machen sich unter der Decke steif, zwei in einem Bett, wie Streichhölzer schauen die Köpfe hervor, einer oben, einer unten, die Augen fest zugekniffen. Einer zu viel, sagt Han manchmal, und ich weiß, dass er recht hat. Zani hätte nicht passieren dürfen, sie wird es schwer haben. Trotzdem streichle ich beiden gleich fest über die Haare, aber nur einmal, damit sie spüren, dass ich sie liebe, auch wenn ich nicht Malus weiche Finger habe.

Ich weiß, dass sie es mögen, gestreichelt zu werden, auch wenn sie es niemals zugeben würden, nur komme ich selten dazu, auch jetzt drängt die Zeit, und ich klopfe auf die Decke, erst leicht, dann heftiger, bis ich die Körper unter dem Stoff treffe und sie anfangen zu zappeln. Ich reiße ihnen die Decke weg, die kühle Luft, die im Haus immer leicht nach feuchtem Beton riecht, trifft sie, und sie krümmen sich schimpfend, plötzlich hellwach. Ich treibe sie nach draußen zum Waschen, fülle ihnen noch die Schalen mit heißer Suppe, während sie streiten und mir widersprechen, aber ich höre gar nicht hin und bleibe in Bewegung, wische ihnen die Gesichter, hole die Taschen, zwischendurch Husten.

Wenn ich doch liegen bleiben könnte.

Einen Morgen im Bett bleiben, wie die reichen Leute im Hotel, die wir im Fernsehen sehen, Frühstück an kleinen Tischen zwischen den Kissen, weiterschlafen, einen Tag im Bett bleiben, einfach nicht mehr aufstehen. Das Bett müsste anders sein als unser kleines, in das ich, schmal und gerade ausgestreckt, genau neben Han passe, wir drehen uns gleichzeitig um, und auch wenn ich ihn oft davonjagen könnte, bin ich froh, wie gut wir das geübt haben, niemand anders als Han wüsste im Schlaf, wann wir uns drehen.

Der alte Flo liegt nachts allein auf seiner Pritsche, viele tun das im Dorf, auch ich werde es tun müssen, wenn Han stirbt, und er wird vor mir sterben, das ist hier so üblich.

Wenn Nime dann kommt, kleben wir an ihm. Wie war es denn, Nime, fragen wir, während wir an der Tafel zusammensitzen, die Kinder immer noch nicht im Bett, heißer Wein in den Schalen.

Wie war das Jahr, wo hast du geschlafen, welche Arbeit hast du gefunden, wie viel Geld bringst du uns, und wo ist Malu, fragen wir nicht, hast du sie verlassen, fragen wir nicht. Wie konntet ihr ohne die Kinder das alles überstehen, seid ihr gesund geblieben? Nime winkt ab, er will nichts erzählen, lieber schaut er in die Gesichter, nickt und lacht ungeschickt, als müsse er es erst wieder üben.

Die Sprache der Liebe, Nime, spotte nicht.

Nime ist nicht der Einzige, es ist überall das Gleiche, in jeder Familie fehlt jemand. Wenn sie zurückkommen, einmal im Jahr, grüßen sie scheu. Ihre Haut ist fahl und fleckig, sie sind fahrig, lassen Essen fallen, erschrecken leicht. Sie haben schütteres Haar, und man muss ihnen die Schup-

pen von den Schultern klopfen und die Hemden waschen.
Nach ein oder zwei Nächten schlafen sie ruhiger und werden zutraulicher. Dann trauen sich die Kinder endlich in
ihre Nähe, lehnen sich vorsichtig an die Beine ihrer Väter
und Mütter, die nun nicht mehr nach Staub und Schweiß
riechen, sondern nach Waschmittel und der Zeitung, die sie
morgens lesen, als wollten sie alles auswendig lernen. Die
Kinder beobachten aufmerksam die müden Gesichter und
warten, dass die Jungen, ihre jungen Eltern, sie anlächeln
und fragen, nach der Schule, nach den Freunden, egal wo-
nach. Die Jungen haben auch das verlernt, die Zeit in der
Stadt muss ihnen alles ausgetrieben haben. Sie vergessen
zu fragen, sie strecken bloß die Hände nach ihren Kindern
aus, stumm und fahrig. Morgens schlafen sie so fest, dass
niemand sie wecken kann, die Arme um die Kissen geschlungen, und wir lassen sie ausruhen, deswegen sind sie
da. Die Arbeit, die zu tun ist, schaffen wir allein wie sonst
auch.

Wenn Nime kommt, müssen wir ihm erzählen, was Son
und Zani angestellt, was sie gelernt, wie sie sich entwickelt
haben. Wir heben die Papiere von der Schule auf, in einem
Fach neben dem Computer. Darin steht alles über sie, und
so wie die Kinder uns die Papiere hinhalten, verlegen lächelnd und mit schiefen Schultern, kann es nichts Gutes
sein. Wir tun so, als läsen wir die engen Zeilen und die Zahlen, blicken ihnen streng in die Augen und legen alles zur
Seite. Nime wird sich darüberbeugen, er versteht, was gemeint ist, und bisher war es immer so, dass er die Kinder
gerufen und sie angestarrt hat, bis sie anfingen zu heulen.
Dann hat er sie gefragt, was ihnen das Liebste sei.

Der Computer, antwortete Son schluchzend.

Zani wollte das Gleiche sagen, aber dann hätte sie verraten, dass wir sie an den Computer lassen, und das hatte Nime ihr verboten. Also sagte sie, meine neuen Schuhe, die du mir im letzten Jahr geschenkt hast. Ich trage sie nie, damit sie frisch bleiben.

Darauf verbot Nime ihnen den Computer und nahm Zani die Schuhe weg. Beide heulten und schluchzten, bis er sie wegschickte und mit ernstem Gesicht zu uns in die Küche kam, wo ich Wäsche kochte.

Sie müssen in der Schule aufpassen, sagte er, sonst kommen sie nie voran. Es ist sehr wichtig.

Wir können sie nicht so gut bestrafen, sagte ich, wir wissen nicht, was ihnen am meisten ausmacht.

Ich weiß es schon, grollte Han, aber es ist nicht meine Aufgabe, der Vater muss es tun.

Wie immer begannen wir nun zu streiten, ob Nime zurückkommen würde, oder ob die Kinder zu ihm kommen sollten, und warum Malu nicht wenigstens für sie sorgen kann, so wie es vorgesehen ist, Malu mit den weichen Fingern und den Katzenohren, die mehr als ein Kind haben wollte, auch wenn es schwer werden würde. Als wir es merkten, weil ihr Bauch runder wurde, und sie warnten, wollte sie nicht auf uns hören.

Und nun haben wir eines zu viel, und wo ist sie?

Nime schüttelt nur den Kopf, nichts können wir aus ihm herausbekommen, keiner hat etwas von ihr gehört. Anfangs haben wir uns für die Kinder etwas ausgedacht. Dass Malu eine Arbeit gefunden hat: Sie näht schöne seidene Kleider. Nein, sie erfindet Fahrräder, die rollen, ohne dass jemand treten muss. Oder Socken, die sich von allein flicken. Ich überlegte mir jedes Mal etwas anderes, und die

Kinder hörten geduldig zu und nickten. Irgendwann fragten sie nicht mehr.

Sie fehlt mir, Malu mit ihren bunten T-Shirts, die sie selbst genäht hat, und ihren schmalen Augen. Als sie noch da war, hat sie mir manchmal von hinten in den Nacken geblasen, dass ich fast in die Luft gesprungen wäre, und mit den kleinen Kindern ist sie durch das Dorf spaziert, als hätte sie einen Preis gewonnen, hat mit Nachbarn geredet und gekichert und ihre Kinder hergezeigt, so stolz war sie. In der Zeit gab es in vielen Familien Babys, als hätten sich die Mütter verabredet; und sie trugen die Kinder herum, eins oder sogar zwei, so wie ich es nie getan hätte, und vergaßen zu arbeiten. Das war nicht vorgesehen, es gab genug zu tun, in den Sommern steht giftige Hitze über den Feldern, und man kann nicht so schnell gießen, wie der brüchige Boden es auch schon wieder aufsaugt.

Wir sind nicht in der Stadt, sagte ich immer zu Han, was gibt es den ganzen Tag zu reden, und wer geht in die Gärten und gießt. Wir schimpften leise, so wie die anderen Alten, und übernahmen Schichten, während die Mütter Mützen strickten, sich die Brüste hochbanden und auf den Kinderarzt warteten, der einmal in der Woche vorbeikam. Inzwischen kommt er nicht mehr, sein Motorrad hat den Geist aufgegeben, jedenfalls ist das die Erklärung, die wir bekamen, als wir beim Amt nachfragten, weil uns die Zähne ausfielen und die Rücken schmerzten und wir den Kinderarzt dringend gebraucht hätten, er hatte Medikamente dabei, die auch bei Alten und Tieren gut wirkten. Han und die anderen Männer hätten sein Motorrad sicher reparieren können, sie sind sehr erfinderisch und verstehen viel von Maschinen, aber als wir es anboten, brach die Verbindung ab. Im Computer sieht man, dass es diesen Arzt noch gibt, er sieht jünger aus als früher und hat blonde Haare bekommen, aber das können wir nicht überprüfen, vielleicht ist es auch ein altes Bild.

Als die Kinder größer wurden und anfingen, selbst zu laufen, und als kein Arzt mehr kam und es an allem fehlte, gingen die ersten Jungen in die Stadt, Männer und Frauen. Nime ging mit Malu. Zunächst kamen sie an den Wochenenden heim, brachten Geld und Schuhe, Tabletten für die Kinder und Stifte für die Schule. Dann blieben sie länger weg, und je länger wir sie nicht sahen, desto mehr Geld schickten sie, sodass irgendwann auch alle anderen aufbrachen, alle, die jung genug waren, um in der Stadt das Abenteuer zu suchen, wie Han immer sagt, aber alle wissen, dass es kein Spaß ist, und längst wünsche ich mir die jungen, nichtsnutzigen Mütter zurück, die auf dem Platz standen und ihre Babys kitzelten.

Inzwischen haben wir Kameras, um Fotos zu machen, die wir dann Nime und den anderen schicken könnten, aber es gibt nichts zu fotografieren, das Dorf bricht langsam auseinander, die Zäune sind brüchig, die Ziegen fressen die Gärten ab und scheißen auf den Platz, und die Kinder sitzen müde und lustlos in den Küchen und schreiben Briefe an Eltern, die sie nicht mehr kennen. Anfangs habe ich Son und Zani oft von ihrer Mutter erzählt, wie sie ihnen den Zeigefinger in die weichen Bäuche gepikst hat, was sie ihnen kochte und wie sie im Winter am halb gefrorenen Tümpel Eis wegschlug, damit die Enten genug Wasser hatten. Es waren immer die gleichen Geschichten, und damit sich die Kinder nicht langweilten, schmückte ich sie aus, erfand lustige Begebenheiten oder baute rührende Augen-

113

blicke ein, die ich im Fernsehen gesehen hatte, bis ich irgendwann selbst durcheinanderkam und ganz damit aufhörte. Han sollte es übernehmen, von Nime zu erzählen, aber ihm fällt nichts ein, behauptet er, auch wenn ich es nicht glaube. Er zündet am Schrein Kerzen für die Jungen an, das muss genügen.

Nur viermal im Jahr geht ein Ruck durch das Dorf, wenn die Reisegruppen kommen.

Unser Dorf ist fest eingeplant, wir liegen günstig, sagt der Reiseleiter, genau in der Mitte zwischen der Stadt und der Teeplantage, auf der manche von uns arbeiten. Seit Jahren können wir darauf zählen, dass zweimal im Frühjahr und zweimal im Herbst der Besuch kommt. Der Reiseleiter gibt rechtzeitig Bescheid, damit wir den Müll aus dem Tümpel fischen, die Zäune reparieren, die eingestürzten Dächer abdecken und den Platz fegen können. Er will auch, dass wir Harken, Karren und andere Arbeitsgeräte gut sichtbar an die Hauswände lehnen und in den Gärten aufbauen, damit die Reisenden unsere Sitten und Gewohnheiten kennenlernen. Auf dem Platz sollen Hühner scharren, die wir rechtzeitig in den Gärten aufsammeln und herbeischaffen. Überhaupt sind Tiere mitgebucht, wir stellen einige alte Pferde an die Wegränder, Hunde gibt es kaum noch, aber manchmal können wir noch einen auftreiben. Wir haben also alle Hände voll zu tun.

Wenn der Besuch näherrückt, müssen wir diejenigen von uns auswählen, mit denen die Gäste zusammentreffen sollen. Die Auswahl fällt uns nicht leicht; es sollen Kinder und Greise dabei sein, aber niemand, der zu krank oder zu mager ist, denn wir wollen ja niemanden erschrecken. Es geht um eure Geschichte, erklärt uns der Reiseleiter, ihr

könnt sie erzählen, aber bitte so, dass wir euch verstehen.
Bringt uns Leute, die etwas zu sagen haben, zeigt uns eure
Bräuche und euer Leben, damit alle etwas lernen. Wir sollen stolz sein, dass die Besucher von uns lernen wollen. Was
sie lernen, wenn sie einen halben Tag durch unsere Gassen
poltern und uns mit lauter Stimme Fragen vortragen, weiß
ich nicht; auf jeden Fall machen sie unendlich viele Bilder
und schütteln so viele Hände, wie sie können. Manche grüßen uns auch, indem sie sich verneigen und die Hände vor
dem Herz falten, so wie es früher hier Sitte war. Dann sollen wir ernst bleiben und zurückgrüßen, als täten wir den
ganzen Tag nichts anderes. Als Nime noch da war, wurde
er oft ausgewählt, weil er viele Wörter in anderen Sprachen
kann und gute Zähne hat. An der Begeisterung, mit der er
die Bauweise unserer Hütten erklärte, die Giftigkeit der
Stechäpfel und die Fellfarben der Katzen, konnten sich
die Gäste wärmen, sie hatten das Gefühl, einen Freund
gefunden zu haben. Wenn er sie herumführte, war er nicht
so ernst wie sonst oft, er ging mit ihnen durch das Dorf,
als gäbe es nichts Schöneres, er lachte und dachte sich Geschichten aus.

Er hatte mit den Jahren den Rundgang in einer klugen
Reihenfolge angeordnet, fing am äußeren Rand an, nahm
sie mit über die Felder und erzählte von Mangel, Dürre
und Feuer, bis sie um uns alle fürchteten und sich wunder-
ten, wie man überhaupt an solch einem unwirtlichen Ort
leben könnte.

Dann näherten sie sich den Häusern, die im Schatten der
Katastrophen wie kleine Wagnisse, Denkmäler der Selbst-
behauptung aus dem feuchten Boden wuchsen. Niemals
ließ Nime einen Besuch bei Flo aus, der damals noch mit

Madi in der Hütte lebte. Madi war dürr und hatte kaum noch Haare auf dem Schädel, ihr Gesicht war straff über die spitzen Knochen gespannt und ihr Körper an der Hüfte wie abgeknickt. Flo und Madi waren ein seltsames Paar, knöchern und zerbrochen wie zwei alte Puppen, die jemand auf den Müll geworfen hat. Genau das rührte die Gäste zu Tränen. Fassungslos standen sie vor der Hütte, versuchten, durch die verklebten Fenster hineinzuschauen, und wenn Nime die beiden, die längst hinter der Tür bereitstanden, herausholte, starrten sie das dürre Paar andächtig an. Der Reiseleiter wusste, was Nime vorhatte, und fragte die Ältesten aus der Gruppe nach ihrem Alter. Immer trat jemand vor, ein appetitlicher runder Herr oder eine durchtrainierte Dame mit kurzen goldenen Haaren, und nannte ein Alter, siebzig oder achtzig. Dann zeigte Nime auf die beiden klapprigen Gesellen und sagte, genauso alt wie sie. Dabei wusste niemand, wie alt sie waren, aber so etwa könnte es hinkommen, und der Vergleich war irrsinnig, alle schüttelten entsetzt die Köpfe, und die Gäste waren zugleich beschämt über ihre Gesundheit und den satten Glanz ihrer Haut, ihren festen Stand und Biss, und unendlich erleichtert, dass ihnen ein bequemes Alter vergönnt war. Für die Erleichterung schämten sie sich auch wieder, denn es gab keine Gerechtigkeit, und nie hatten sie das so scharf gespürt wie hier vor Flos und Madis Haus. Als Madi starb, wollte Flo keine Gäste mehr empfangen, dabei hatten sie ihm immer Münzen und manchmal auch Geschenke zugesteckt.

Nach Flos Hütte steuerte Nime auf den frisch gefegten Platz zu, wo wir herumstanden oder vorbeiliefen und Leben in die Sache brachten, alle atmeten auf. Jeder konnte sehen, dass hier etwas los war, der Ort pulsierte, wir waren

arm, aber geschäftig, hatten Ziele und einen Zusammenhalt, und das erleichterte alle, sie dankten Nime, trauten
sich nun auch wieder, zum Abschied Bilder zu machen.
Nime sah dem Bus eine Weile hinterher, er hatte etwas gefunden, das er besser konnte als die anderen, und ich sah,
dass er überlegte. Er könnte besser sein als der Reiseleiter,
er wusste ja, was vorzeigbar war, er könnte die Gäste über-
raschen und die besten Geschichten erzählen. Wochen
später schickten sie ihm Bilder, als wollten sie eine Spur
hinterlassen, und immer dankten sie ihm von Herzen.
Manchmal kamen auch Weihnachtskarten, obwohl wir
kein Weihnachten feiern. Das wussten die Gäste, sie hatten
gut recherchiert, und der Reiseleiter kannte uns alle beim
Namen, er hatte einen Plan in Lautschrift, auf dem jede
einzelne Hütte und jedes Feld eingezeichnet war, den
kannte er auswendig.

Auch als Nime nicht mehr da war, kamen noch Gruppen, und ich habe gelernt, ihn würdig zu vertreten. Ich
habe ihm ja oft genug zugehört, wenn er seine Geschichten
damals übte. Noch dazu bin ich alt, das interessiert die
Gäste. Das wird mir bald wieder einiges Trinkgeld eintra-
gen, wenn sie endlich kommen. Es zahlt sich doch aus, alt
zu werden.

In diesem Jahr warte ich dringend. Ich warte auf Nime
wie immer, und ich warte auf die Gäste mit ihrem Geld, auf
meinen Auftritt und die Dankbarkeit der Leute. Ich warte
auf sie, weil Han schweigsamer als je zuvor ist, weil Zani
und Son neue Schulbücher brauchen, weil sonst nichts passiert und weil die Sonne einfach nicht kommen will. Der
Monat der Würmer ist längst vorbei, und kein Wurm unterwegs.

Und wenn sie kommen, wird unser Dorf in ihren Fotobüchern und in ihren Träumen zu einem Ort, an dem sie Kirthan verstanden haben. Mein Sohn Nime hat sich etwas in der Stadt gesucht, das werde ich den Gästen erzählen, wenn sie endlich kommen. Sie werden nicken und mich fotografieren und mir die Hände auf den Arm legen, sie versuchen immer, uns zu berühren.

Ich weiß ja nicht mal mehr, welche Schuhgröße er trägt, werde ich sagen. Sie werden verstehen, dass wir unsere Kinder vermissen. Düstere Geschichten gefallen ihnen und beschämen sie zugleich.

Es ist ein bitteres Jahr, werde ich sagen, der Monat der Würmer längst vorbei, und kein Wurm unterwegs. Betroffen werden sie zu Boden schauen, werden sich unter meinen Worten winden und dann in ihren Gürteltaschen und Schultersäckchen nach Geld suchen, weil sie wirklich glauben, sie hätten die Macht, mich zu erlösen.

Tourist Academy

2009

Die Neuen strömen langsam auf das lang gestreckte Gebäude der Kirthan Tourist Academy zu. Es schimmert zwischen den Makronabüschen und den schwankenden Palmen, seine Fassade wie das bronzene Gehäuse einer kostbaren Truhe. Auf den breiten, gefegten Wegen gehen sie, Taschen über die Schulter geworfen, die Haare frisch geschnitten. Es gibt Vorschriften, die ab der Minute gelten, in der sie das Gelände betreten. Wir haben sie ihnen im Vorfeld, zusammen mit den Ergebnissen der Eignungsprüfungen, zukommen lassen, und sie mussten alles unterschreiben. Mitzubringen sind festes Schuhwerk, gut eingelaufen, Regenhäute, Mobiltelefone, Schreibmaterialien, keine Andenken, keine Freizeitkleidung, keine Musikinstrumente. Die Haare sind kurz und im Nacken rasiert zu tragen, Frauen haben die Haare zurückzukämmen oder hochzustecken. Die Kleidung hat reinlich und neuwertig zu sein. Mehr als ein Gepäckstück pro Person ist nicht zugelassen.

Die Luft ist feucht und gesättigt, kühler als am Bahnhof, wo die Neuen eintreffen und benommen auf der Plattform herumstehen, sich durch das Haar fahren und sich verstohlen umsehen. Ich weiß, wie sie aussehen, wie sie umherschauen und wie langsam sie gehen. So ist es jedes Jahr, und damals war ich eine von ihnen.

Wir holen sie dort nicht ab, sie sollen das Gefühl der Verlorenheit erfahren und dann, mit jedem Schritt in unsere Richtung, zunehmend Erleichterung: dass sie es geschafft haben bis hierher und dass es die Academy wirklich gibt, die sie aufnehmen und beherbergen wird, bis sie das höchste Ziel erreicht haben. Dass die Eignungsprüfung nur die erste in einer langen Reihe von Tests, Examina und Benotungen gewesen sein wird, dass manche flüchten, andere krank werden, wollen sie nicht hören. Es hat sich zwar herumgesprochen, dass unser Training zu den härtesten gehört, aber sie wissen auch, dass sie hinterher gut bezahlt werden.

Am ersten Tag fragen wir sie immer, warum sie sich beworben haben. Sie sagen dann, dass sie Verantwortung übernehmen wollen, dass sie ihr Land lieben und es der Welt zeigen wollen und dass sie sich immer schon für Geschichte und Tradition interessiert haben. Dass sie Geld verdienen wollen, müssen wir ihnen sagen. Dann lachen sie ein wenig verlegen, als hätten wir sie ertappt.

Nur manchmal gibt es welche, die anders antworten. Aus all den Jahren, die ich an der Spitze der Ausbilder arbeite, erinnere ich mich an drei oder vier. Ich vergesse ihre Namen nicht, und ihre Gesichter habe ich vor Augen. Schon als ich sie durch das Tor laufen sah, das ich am ersten Tag immer im Blick habe, um einzuschätzen, mit wem wir es zu tun haben, wusste ich, dass sie Ärger machen würden. Und ich freute mich darauf. Sie gingen anders als die anderen, zügiger oder zögerlicher, sie hatten die Haare nicht ganz so straff zurückgekämmt oder schwenkten ihre Taschen, sie drehten sich um, reckten die Hälse und schlenderten, kurz: Sie benahmen sich, als hätten wir auf sie gewartet. Vielleicht wird auch in diesem Jahr wieder jemand dabei sein, ein Eigenbrötler oder ein Hinterwäldler, ein Künstler oder ein Platzhirsch oder jemand, der uns erklären will, wie er die Welt sieht.

Letztes Jahr war es Nime. Er hatte einen ausgreifenden Gang, ein wenig ungelenk, als könne er jeden Moment stolpern, und seine Tasche war so prall gestopft, dass mehr darin sein musste als die vorgeschriebenen drei Hemden und zwei Hosen. Auch sah er nicht so aus, als habe er vor, seine Kleider zu bügeln, wie es bei uns Vorschrift ist. Den Kragen steif nach oben, die Manschetten mit Wäschestärke, die Knopfleiste mit besonderer Sorgfalt. Ich stand am Fenster, das sich zum Tor hin auf der ganzen Front erstreckt, mit dem Gesicht dicht an der Scheibe. Als Nime am Eingangsportal kurz zögerte und einige Worte mit den anderen Neuen wechselte, ging ich rasch nach unten und stellte mich direkt an die erste Säule im Foyer, sodass er an mir vorbeikommen musste. Nun konnte ich ihn mir aus der Nähe anschauen; ich kannte dieses Lächeln, die wirren Haare in der Stirn, das nachlässig gebügelte Hemd. Er war einer derjenigen, die nichts mitschrieben und sich alles gleich merkten, die gut reden konnten und am liebsten vor Publikum, einer, der immer ausgeruht aussah und als käme er gerade aus der Dusche, auch wenn er in der größten Hitze mit nass geschwitztem Hemd warten musste; einer von denen, die sich in Fahrt reden und warm lachen. Ich mochte ihn gleich, und genau dagegen musste ich arbeiten.

Als alle registriert waren, verlasen wir die Namen des

neuen Jahrgangs, natürlich nur die Vornamen. Sie waren Schüler, nichts anderes. In unserem kleinen Hörsaal saßen sie mit gespitzten Bleistiften, junge, ähnliche Gesichter, die ich erst nach und nach auseinanderhalten würde. Ich sprach zu ihnen über das Reisen.

Das Reisen, sagte ich, sei etwas, das uns Menschen von den Tieren unterscheide. Tiere flüchten, sagte ich, oder sie jagen; kein Tier der Welt wagt sich aus Neugier und Abenteuerlust in ein fremdes Territorium. Es bewegt sich nur, wenn es davon profitiert. Bei unseren Gästen ist es genau andersherum. Sie bewegen sich, und wir profitieren davon. Dafür tragen wir aber auch eine große Verantwortung: Wir müssen ihre Sehnsucht, ihre Neugier und ihre Abenteuerlust erfüllen. Wie Sie das tun können, werden Sie hier in dem Jahr, das vor Ihnen liegt, lernen. Die Welt ist touristisch geworden; und Sie sind die Avantgarde des Tourismus. Welche Abenteuer unsere Gäste in diesem Land erleben, wird von Ihnen abhängen. Und ebenso, welches Bild sie in die Welt tragen. Dessen muss sich jede und jeder Einzelne von Ihnen bewusst sein. Immer.

Sie klatschten nicht, dafür waren sie noch zu scheu. Mir war es auch lieber so, ich hielt jedes Jahr die gleiche Rede, und es wäre mir unangenehm gewesen, dafür Beifall zu bekommen.

Auch sonst sprachen sie nicht viel, und die einzigen Gelegenheiten, sie aus der Nähe zu sehen, ihre Zähne, ihre misstrauischen oder erwartungsvollen Blicke, ihre Hälse, so jung und glatt, waren die Vertrauensstunden. Ich sah zu, dass ich mit Nime betraut wurde.

Unser erstes Treffen fand gleich nach der feierlichen Eröffnung statt, die mit einem Drachentanz, einer golden

gekleideten Schattenboxerin und der neuen Scheinwerfer-
anlage, die der Chef hatte einbauen lassen, dem neuen Le-
bensabschnitt der Anfänger die passende Dramatik verlieh.

Als wir, erst vor ein paar Jahren, die spröden Begrü-
ßungsreden abgeschafft und die Show eingerichtet haben,
gab es Gegenstimmen. Vor allem mein Kollege Cusan hat
sich gewehrt und sogar mit dem Chef gestritten, bis ihm
dringend geraten wurde, sich über die neue Gestaltung
zu freuen. Cusan ist streng und gegen jede Art von Ver-
packung.

Warum müssen wir den Anfängern etwas zeigen, das
wir uns für die Gäste ausgedacht haben, fragte er.

Man wies ihn darauf hin, dass der Drachentanz eine alte
Tradition, die Farbe Gold von großer Bedeutung in unserer Mythologie und das Schattenboxen auch heute noch
im Alltag vieler Menschen verwurzelt sei, dass wir die Geschichten üben müssten, die wir den Gästen erzählen wollten, und dass die Neuen gar nicht früh genug damit anfangen könnten. Manche von ihnen hätten noch nie im Leben
Schattenboxen probiert, das müsse korrigiert werden.

Eben, rief Cusan, das genau meine ich doch: Diese Dinge
kennt niemand mehr, unser Ziel sollte doch sein, die Wirklichkeit zu erzählen statt irgendwelcher rotgoldener Märchen.

Welche Wirklichkeit er denn meine. Rotgoldene Märchen, sagte man ihm, seien genau das, wovon wir in Wirklichkeit mehr brauchen. Für Abenteuer brauche man eben
passende Geschichten, und hier läge unsere Aufgabe. Das
habe mit Verpackungen nichts zu tun, sondern mit Dichtung.

Ich verstehe, was Cusan meint, aber er irrt sich. Inzwischen ist er in die Verwaltung versetzt worden, wo es nicht um Märchen geht, sondern um Zimmerzuteilungen, Prüfungen und Punkte. Es scheint ihn nicht zu stören, er grüßt mich freundlich, wenn wir uns in der Mensa begegnen, eigentlich ist er jetzt umgänglicher als früher, aber auch stiller.

Als Nime in mein Büro kam, musste ich ihm beibringen, nach dem Anklopfen zu warten, bis ich ihn hereinrief, und sich erst zu setzen, nachdem ich es gestattete. Es wunderte mich, dass man ihm diese Regeln in der Schule nicht beigebracht hatte, die meisten Neuen sind es gewohnt, auf Anweisungen zu warten. Aber bald wurde klar, warum er nicht darin geübt war. Er kam vom Dorf, seine Schulzeit war sehr kurz gewesen, einer der wenigen, die unsere Eingangsprüfungen trotzdem bewältigt hatten.

Ich frage die Neuen anfangs immer das Gleiche.

Was möchten Sie erzählen, fragte ich Nime.

Er saß da, ein wenig schräg ausgestreckt auf dem Bürostuhl, rückte hin und her und überlegte. Seine großen Hände, mit denen er sich fortwährend die Haare aus dem Gesicht strich, waren an den Fingerkuppen verhornt. Mir gefiel, dass er keine Antwort parat hatte und dass er sich die Zeit nahm, nachzudenken, obwohl ich deutlich hörbar mit dem Kugelschreiber auf die Tischplatte tippte. Allzu bequem sollte er sich hier nicht einrichten.

Es kommt darauf an, wem, sagte er schließlich. Eine kluge Antwort, die ich gleich zurückspielte.

Zum Publikum sollten Sie immer Augenkontakt halten, sagte ich.

Er lächelte höflich und schaute mir in die Augen, eine Übung, die vielen unserer Neuen nicht leichtfällt.

Ihnen möchte ich erzählen, dass Kirthan dort groß ist, wo es ganz klein ist, sagte er. Eine Weisheit aus den alten Lehren, die er sich nicht selbst ausgedacht haben konnte.

Und jetzt wollen Sie mir sagen, dass es ganz klein dort ist, wo die Menschen lachen, weinen, streiten und feiern, fragte ich sofort. Ich kenne dieses Argument; Cusan hat es verwendet, und früher habe ich selbst damit gearbeitet.

Nun hatte ich ihn überrumpelt.

Er nickte und wandte den Blick ab. Es war Zeit für seine erste Lektion.

Merken Sie sich, sagte ich freundlich und reichte ihm den Kugelschreiber, als wolle ich ihn zum Mitschreiben auffordern, das tun die Menschen überall. Sie schauen einander in die Augen, sie küssen sich, sie verlassen einander, sie machen Kinder und pflanzen Blumen, die Kinder werden groß, und die Blumen verwelken. Diese Geschichte ist so gültig, dass sie niemanden mehr interessiert. Sie haben diese Dinge erlebt, ich habe diese Dinge erlebt, es ist eben das Leben. Und das Leben ist noch lange keine Geschichte. Wenn wir Gäste hierher einladen, müssen wir ihnen etwas zeigen, das ihre Sehnsucht nährt. Unsere Aufgabe ist es, Nahrung für die Fantasie zu finden.

Er saß aufgerichtet und angespannt auf seinem Drehstuhl, hatte sich keines meiner Worte notiert und hielt den Blick gesenkt. Nun kam es darauf an, wie er die Unterweisung aufnahm. Ich rechnete mit einer schlauen Antwort, mit Widerspruch oder einer Debatte, wie wir sie hier nicht führen, und war gewappnet. Aber er enttäuschte mich, nickte nur und rieb seine Füße aneinander, als müsste sich dort die Spannung in seinem Körper entladen. Feine weiße Bröckchen stäubten ihm von den hellen Sohlen. Als ich mich später darüberbeugte, sah ich, dass es getrocknete Zahnpasta war. Den Kugelschreiber überließ ich ihm, und bei den nächsten Sitzungen brachte er ihn mit, wie eine Blume im Knopfloch oder ein Abzeichen. Aufgeschrieben hat er nie etwas.

Ich beobachtete ihn ständig. Zunächst nur beiläufig, auf dem Gelände oder in der Mensa, immer fiel mein Blick sofort auf ihn, mit den anderen Schülern, im Lesesaal, im Palmenschatten mit den Mädchen. Er war älter als sie und gewandt, ich vermutete, dass er schon die ein oder andere Erfahrung gemacht hatte. Es ging mich nichts an, die Schüler kommen, solange sie hier sind, nicht als Privatpersonen vor. Aber ich konnte den Blick nicht von ihm wenden. Er brachte ihnen kalten Tee und lag während der Freistunden dicht neben ihnen im Gras, und immer redete er auf sie ein, bis sie lachten und ihn anstießen und mit ihren langen Haaren über sein Gesicht wischten. Als ob sie ihm für die gute Unterhaltung danken wollten, fütterten sie ihn mit getrockneter Mango und Ingwerzucker, Süßigkeiten, die sie von zu Hause mitgebracht haben mussten, denn in unserer Mensa sind solche Leckereien nicht im Angebot. Ich durfte nicht riskieren, dass er meine Blicke bemerkte; ich verbarg mich hinter Säulen und war dankbar für unsere wuchtige Architektur, die für diesen Zweck viele Pfeiler und Portale zu bieten hat. Ich musste wissen, wo er sich aufhielt, sehen, mit wem er sprach und wen er berührte. Er hatte so eine Art, den anderen die Hand auf den Arm zu legen, Schultern zu streifen, rasch und beiläufig.

Ich zog Erkundigungen über seine Leistungen ein. Überall fiel er auf durch seine Fragen, durch seine eigensinnigen Gedanken, aber auch durch die Geschmeidigkeit, mit der er sich nach einer Belehrung lächelnd zurückziehen konnte. Nie begehrte er auf; jede Sitzung schloss einvernehmlich und in vollendeter Höflichkeit.

Cusan war verärgert. Er war noch nicht versetzt worden und unterrichtete die Neuen in Mythen und Märchen. Auf seine Frage nach dem Sinn von Märchen hatte Nime behauptet, in jedem Märchen stecke Armut. Die Kinder, die allein in die Wildnis hinausgingen, die bedrohlichen Ungeheuer, der Mangel und der Wunsch nach einer glücklichen Wendung – das sei die Armut von damals, auch heute noch in jedem Wohnblock und jedem Dorf zu schmecken und zu riechen. Diese Armut müsse man aus den Märchen herausschälen, anstatt sie zu vergolden. Cusan rieb sich die Hände. Hier war ein Gleichgesinnter; gemeinsam würden sie sich, selbstverständlich nur als Spiel, daranmachen, den Märchen den Lack abzuspritzen. Hinterher müsste man sie natürlich wieder zusammensetzen, aber dann habe man die Dichtung anders verstanden, wie eine Uhr, die, auseinandergenommen und wieder zusammengebaut, immer noch funktioniere, ja, vielleicht sogar besser, entstaubt und frisch gereinigt. Aber Nime verstummte. Er hatte seine Ideen ausgesprochen, alle hatten es gehört, das genügte; er würde nicht mit dem Finger auf unsere Armut zeigen, er wollte einen guten Abschluss machen, den besten, und ganz sicher nichts aufs Spiel setzen.

Hast du ihn für einen Verbündeten gehalten, fragte ich Cusan bei dem Kuppelessen, das wir am Ende des ersten Halbjahres immer für die Neuen veranstalten. Sie saßen an langen Tafeln, inzwischen gut eingelebt und redselig, Nime fiel nun weniger auf als zu Anfang. Die ersten Liebschaften waren entstanden, Paare hielten sich verstohlen an den

Händen, wir greifen nicht ein, nur was die Trennung der Schlafsäle angeht, bleiben wir hart. Auf den glühenden Kuppeln sprangen die Fleischstückchen in der Hitze. Die Führung und die Lehrer saßen an einer Tafel, der Chef nicht an der Kopfseite, sondern unter uns. Cusan hatte mir Wein eingeschenkt, den ich nicht vertrage, mir aber zweimal im Jahr doch genehmige, wohl wissend, dass ich am nächsten Morgen Missverständnisse ausräumen und Anspielungen zurücknehmen muss.

Er schaute mir abwartend ins Gesicht, ob ich ihn aushorchen wollte, aber ich hob mein Glas und lachte ihn an.

Wir brauchen alle jemanden, mit dem wir spielen können, sagte er vorsichtig.

Cusan, du siehst die Dinge anders, das ist kein Spiel, sagte ich, und bei Nime ist es genauso. Aber er weiß, wie weit er gehen kann. Ich denke, er wird es weit bringen.

Im Unterschied zu mir, meinst du, scherzte Cusan. Ich sah hinüber zu Nime an der langen Tafel der Schüler. Er zeigte gerade Fotos, alte Papierbilder, die eingeknickt und abgegriffen aussahen, und ich hätte zu gern gewusst, was darauf zu sehen war. Unsere Schüler sind anhänglich, sie vermissen ihre Familien, manche schmuggeln Telefone ein und sprechen heimlich in der Nacht mit ihren Leuten. Wir bestrafen sie, wenn wir sie erwischen, aber Heimweh lässt sich kaum zügeln.

Ich trank meinen Wein aus und ging hinüber zu Nime. Sofort rückten sie auseinander, er stapelte seine Fotos und legte beide Hände darüber.

Haben Sie einen Augenblick für mich, fragte ich leise und winkte ihn vom Tisch weg, hinüber in die Dämmerung bei den Kanterahecken. Er folgte mir zögernd und stand mit verschränkten Armen im frisch gesprengten Gras. Wir legen Wert auf frische Vegetation und dem Lernen zuträgliche, würzige Luft.

Ihren Freunden erzählen Sie andere Geschichten als mir, sagte ich. Meine Absätze sanken in das feuchte Gras, ich konnte mich nicht so aufrecht halten wie auf festem Grund, und plötzlich kam es mir so vor, als sähe ich eine Spur Mitleid in Nimes Blick.

Aber das lernen wir doch hier jeden Tag, entgegnete er, dass es auf das Publikum ankommt. Meine Freunde haben andere Sehnsüchte als Sie.

Woher wollen Sie das wissen, sagte ich, während ich einen Schritt auf ihn zuging und mit dem linken Schuh ungeschickt einsank. Ich schwankte, und er griff unwillkürlich nach mir und hielt mich am Arm. Wir starrten uns an, unsere Gesichter sehr dicht aneinander.

Und gibt es jemanden, den Sie lieben, fragte ich rasch.

Nime ließ meinen Arm los und wich zurück.

Unser privates Leben spielt keine Rolle, sagte er leise, das haben Sie mir beigebracht, und dann drehte er sich um und ließ mich allein auf dem Rasen stehen. Ich spürte, wie mir der Schweiß am Rücken ausbrach, und die Scham, die in mir aufstieg und sich bis in meine Kehle drängte, ließ sich so schlecht zügeln wie Heimweh oder eine Übelkeit von verdorbenem Essen. Nime setzte sich wieder zwischen seine Freunde; aber sie trauten sich nicht, gleich weiterzureden und zu scherzen, und saßen still vor ihren Tellern. Ich hatte ihnen den Abend verdorben. Das sollte mich nicht weiter stören, es waren Schüler, und sie würden schon wieder in Schwung kommen; schlimmer war, dass die paar Meter von den Kanterahecken bis zur Lehrertafel mir unüberwindlich vorkamen, ich stand schwitzend und beschämt im Schatten, Übelkeit kochte mir in der Kehle, und ich machte erst einen tastenden Schritt, dann noch einen. Erst als ich sah, dass niemand auf mich achtete und Nime mit dem Rücken zu mir Fischstückchen auf die Kuppel legte, raffte ich mich auf, strich mir über das Kleid und ging mit kleinen Schritten und kühlem Blick hinüber zu meinem Platz.

Cusan sah mir entgegen.

Hast du deinem Lieblingsschüler eine Privataudienz gegeben?

Ich hielt ihm mein leeres Weinglas hin.

Er ist nicht mein Lieblingsschüler. Du wirst dich erinnern, dass wir in dieser Einrichtung niemanden bevorzugen. Und das soll auch so bleiben.

Ich hatte so laut gesprochen, dass der Chef mich vermutlich hören konnte. Und dann leerte ich mein Glas in einem Zug.

Im Frühjahr, kurz vor den Dreiviertel-Prüfungen, fehlte Nime mehrere Tage. Ich fragte Cusan und die Hausleitung, aber niemand wusste etwas. Fehlzeiten waren nicht vorgesehen; wer erkrankte und länger als zwei Wochen nicht erschien, wurde vom Lehrgang ausgeschlossen. Zu Neujahr durften die Schüler nach Hause zu ihren Familien, aber viele hatten kein Geld, blieben hier, schnitten aus Lackpapier die Neujahrsornamente aus, die wir ihnen in ›Sitten und Bräuche‹ beigebracht hatten, und telefonierten, wann immer sie sich unbeobachtet glaubten. Wenn ich an Neujahr Präsenz hatte, hielt ich mich vor allem im Büro auf, um den Anblick so vieler Bedürftiger zu vermeiden.

Aber ansonsten waren keine Urlaube und keine weiteren Ausnahmen gestattet. Als Nime nicht in meinem Kurs ›Ökonomie der Freundlichkeit‹ erschien, fragte ich Eli, deren anhängliche Fischaugen Nime ständig folgten, aber sie zuckte mit den Achseln.

Sie müssen doch wissen, wo er steckt, sagte ich.

Beim Frühstück ist sein Platz leer geblieben, sagte sie und bemühte sich um eine neutrale Stimmführung, so wie wir es mit den Schülern für Krisensituationen einüben.

Dann schauen Sie nach ihm. Das werden Sie auch später immer wieder tun müssen, wenn Gäste nicht erscheinen. Sowohl für das Lernen als auch für das Erlebnis gilt, dass es nur stattfindet, wenn Sie da sind, sagte ich. Die Schüler schrieben mit, noch bevor ich den Satz beendet hatte, so wie sie es ständig und vor der Prüfung ohne Unterlass tun. Ich fühlte mich belohnt; zugleich wusste ich, dass Schüler uns niemals belohnen können, wir sollten uns nicht von ihrem Urteil abhängig machen. Im Grunde sollten sie gar keine Urteile fällen, denn wer urteilsfrei lernt, weiß mehr.

Eli schaute nach ihm, im Schlaftrakt und in den Sporträumen. Er hatte sich weder abgemeldet noch bei irgendjemandem entschuldigt, und ich musste seine Fehlzeit dem Hausdienst und der Kommission melden. Aber ich tat es nicht. Stattdessen nahm ich mir Eli vor.

Sie verfolgen ihn.

Sie öffnete den Mund, um sich zu verteidigen, überlegte es sich aber anders.

Was wissen Sie über ihn?

Sie wusste, dass sie mir antworten musste. Das war eine Regel, die nicht zur Debatte stand. Sie überlegte und rückte auf dem Besucherstuhl an den vorderen Rand. Das war unklug; wir bringen den Schülern bei, Verunsicherung durch eine gute Haltung und einen festen Stand oder eine stabile Sitzposition auszugleichen. In dem Seminar ›Good Standing‹, das wir auf Englisch durchführen, spielen wir zweimal in der Woche verschiedene Körperpositionen durch, daran müsste sich Eli nun erinnern. Wir müssen unsere Ausbildung vermutlich noch tiefer in den jungen Leuten verankern.

Er braucht niemanden, sagte sie schließlich.

Diese Antwort war umsichtig und ließ mir nur eine Möglichkeit.

Er sollte uns aber brauchen, entgegnete ich. Nicht mich, nicht Sie, sondern uns. Denn wir zeigen ihm, wie er gebraucht werden kann.

Diese Formulierungen gefielen mir in dem Moment, in dem ich sie aussprach, sehr; beinahe war ich Nime und Eli dankbar, dass ich zu solchen Einsichten kam. An dieser Stelle hätten wir abbrechen sollen. Aber Eli meldete sich noch einmal zu Wort.

Er wird zu Hause gebraucht, sagte sie, zweimal im Jahr.

Schon war die Erkenntnis verloren, die feine Linie zwischen Erkenntnis und Ermahnung überschritten. Nun musste ich Eli doch verwarnen.

Das ist eine Geschichte, die niemand hören wird, sagte ich. Ich stand auf und trat neben den Schreibtisch, sodass Eli sich auf dem Stuhl drehen und mir mit dem Blick folgen musste.

Eli, Sie sollen hier lernen, diese kleinen Verwicklungen abzustreifen. Wir werden alle zu Hause gebraucht. Aber darauf müssen wir verzichten, wenn wir die große Geschichte von Kirthan erzählen wollen. Und das wollen Sie doch?

Nun waren alle weiteren Schritte abzusehen. Eli musste nicken und mir zustimmen. Ich musste sie auffordern, auch Nime daran zu erinnern. Sobald Eli das Büro verlassen hatte, musste ich den Vorfall notieren und in die Datenbanken einspeisen. Wenn Nime dann in drei Tagen nicht zurückgekehrt wäre, musste ich ihn melden und das Ausschlussverfahren in Gang setzen.

Aber ich konnte nicht. Einen langen Augenblick verwirrten sich die großen und die kleinen Geschichten in mir, die Geschichte von Eli und Nime, die ich nicht kannte, die von Nime und seiner Familie, von der niemand wusste, die große Geschichte, die wir täglich einübten und vervollkommneten, und meine eigene kleine, die niemand brauchte. Mein Appartement im oberen Stock, gut belüftet und perfekt beheizt; im Bücherregal die Jahresgaben der Akademie, schimmernd in Gold und Rot; und auf der Fensterbank mein kleines Geheimnis, ein Aquarium mit silbern funkelnden Prinzessinnenfischen, denen ich jede Nacht, wenn ich von meiner letzten Runde durch die Schlaftrakte komme, ein wenig Futter auf die Wasseroberfläche streue, das sie behutsam mit den Lippen abtupfen. Niemand weiß davon, und ich wünsche mir keine Zuschauer. Die schmale, erschrockene Eli hockt auf dem Drehstuhl direkt vor mir, Nime treibt sich auf den Dörfern oder in den Vorstädten herum und verliert meinen weißen Stift zwischen den brüchigen Sitzen der Überlandbusse, die Schüler warten in ihren hell gestrichenen Klassen auf Kirthankunde, ihre Gesichter leer und willig, so wie wir es wollen. Die Blicke und die Namen verraten mir nichts. Und was sich dazwischen abspielt, in den Ritzen und Löchern, Nischen und Falten, in den Zwischenräumen zwischen den großen und den kleinen Geschichten, dort, wo sie ausufern und überlaufen, eindringen und versickern, das kann ich nur ahnen: wie sie sich anfassen unter den Laken im Schlafsaal, was sie vor den Prüfungen schlucken, um zu schlafen, und nach den Prüfungen, um wach zu werden, wie heiß ihre Wangen am Bügelbrett werden und ob sie frieren, wenn sie zu Hause im Dorf in ihren alten Kinderbetten liegen, Kakerlaken in den Fugen und die Nähmaschine der Mutter in der Küche, die nicht stillstehen will; ob sie schon einmal für die Großmutter den Panzer einer Schildkröte ausgekratzt und dabei gewürgt haben, ob sie sich ekeln vor den gelblichen Zahnstummeln der Mutter, den pelzigen Zahnlücken des Vaters; was sie singen, wenn niemand sie belauscht, und wer ihnen vorgesungen hat, als sie klein waren; ob ihre Dörfer vom Unkraut überwuchert oder von Kraftwerken überschattet sind; alles, was mir zugestoßen ist und allen zustößt und was niemand braucht und niemand hört, das fiel mir ein, und so stand ich reglos neben meinem Schreibtisch und wartete, dass dieser Ansturm allmählich verklang, und als ich den Blick wieder hob, war Eli verschwunden, die Bürotür hatte sie sorgfältig hinter sich geschlossen, und zwei Tage später kam Nime zurück.

Die Apotheke

2014

Schwer liegen wir unter den Laken. Irgendwo im Haus spielt jemand Flöte, aber wir finden ihn nicht. Fast jeden Abend, wenn das zentrale Licht gelöscht wird und wir im Halbdunkel noch die Kleider falten und uns auf den Pritschen einrichten, hören wir die gleiche Melodie. Es ist schwer zu sagen, woher sie kommt, das Haus hat sieben Etagen, Schlafsaal neben Schlafsaal, Küchen, Duschen, Flure. Sobald es dunkel ist, dringen von irgendwo über uns diese Töne zu uns, und alle beginnen zu stöhnen. Manchmal tritt einer fluchend die Decke weg und stapft durch die Gänge, um für Ruhe zu sorgen. Aber es hat keinen Sinn, und irgendwann verstummt die Flöte von allein.

Dabei ist es sowieso niemals still. Wir haben uns daran gewöhnt, dass es nicht leise wird, manche husten, manche reden leise in ihr Telefon, manche werfen sich hin und her. Das Wasser stöhnt in den Leitungen, wenn spät jemand duscht, ein Fluchen, wenn das warme Wasser ausgeht. Manche drehen sich im Licht ihrer Telefone schmale Zigaretten auf Vorrat für den nächsten Tag. Und es gibt auch welche, die sich nicht hinlegen. Sie gehen mit leisen Schritten in den Gängen auf und ab. Mon ist so einer. Niemand weiß, was er tagsüber tut, er kommt in der Abenddämmerung mit dem Bus in die Nordstadt, steht noch eine Weile vor dem Block und schaut in den dunkler werdenden Himmel, dann geht er langsam ins Haus. Manchmal lehnt er an der Wand, bis wir zum Schlafen kommen. Oder er sitzt mit uns in der Küche an dem langen Plastiktisch und wickelt Essensreste aus. Wir fragen ihn, wie der Tag war, so wie wir uns alle gegenseitig fragen, niemand will viel erzählen, aber es tut gut, gefragt zu werden und mürrisch abzuwinken: Ihr wisst schon. Nur Mon schweigt, obwohl er nicht stumm ist, wie wir zuerst dachten; wir haben ihn schon reden hören, er hat eine leise, ziemlich heisere Stimme. Mon sagt nichts, stochert mit der Gabel in den Resten herum, die durch das Papier auf den Tisch durchfetten, und zupft an seinen Fingerkuppen, die sich häuten und eine seltsame orange Färbung haben. Vielleicht muss er tagsüber mit Farben oder Chemikalien arbeiten, wir wissen es nicht. Zuerst dachten wir, er wäre der Flötenspieler, es würde zu ihm passen. Wir schauten im Halbdunkeln, ob er sich nach oben geschlichen hatte, aber da war er, leise auf und ab gehend. Er will niemanden stören. Er nimmt Rücksicht auf uns, die schweren Schuhe mit den Stahlkappen lässt er auf dem Flur, wie wir es alle tun. Wir beachten die Regeln, damit wir es miteinander aushalten. Die Musik ist gegen die Regeln. Wir können uns nicht erinnern, seit wann das so geht. Wenn sie anfängt, bleibt Mon jedes Mal kurz stehen und schaut nach oben, bevor er weiterwandert, langsamer als vorher. Wir wissen nicht, wann er schläft, vielleicht bleibt er die ganze Nacht wach, oder er döst im Gehen.

Wir haben alle gelernt, zu jeder Zeit und in jeder Haltung zu schlafen.

Früher in meiner Heimat konnte ich nur auf der Seite schlafen, eingerollt wie ein Welpe, eine Decke bis unter das Kinn gezogen, kalte Nachtluft im Raum, meine Schwester dicht neben mir. Auf der Reise in die Stadt lernte ich, in Bussen zu schlafen, einmal in einer Unterführung, als ich das Reisegeld verloren hatte, wo es heiß und trocken war, ich wäre beinahe dortgeblieben; und dann in diesem Haus, in dem es nie still wird. Die Matratzen sind so dünn, dass ich die Metalldrähte des Bettes in meinem Rücken spüre, und die Luft stinkt nach Männern, nach unseren verschwitzten Körpern und unserem schlechten Atem. Auf dem Flur der faulige, süßliche Gestank von Hunderten Schuhen und Socken. Wenn ich die Kühlschranktür öffne, tropft bräunliche Flüssigkeit auf das Laminat.

Und nun auch noch die Flötentöne. Sie erinnern mich an meine Schwester, die Flöte lernen musste, auf die alte Art, weil die Eltern darauf bestanden. Es fiel ihr schwer, ihre dicken Finger trafen die Löcher nicht, und sie spuckte ins Mundstück, bis es aufquoll und ersetzt werden musste. Aber die Mutter stellte sich jeden Tag neben sie und wartete, bis sie ihre zwei, drei Lieder gespielt hatte. Wenn sie sich weigerte, bekam ich ihr Abendessen. Aber ich bewahrte ihr immer etwas auf und brachte es ihr heimlich. Jeden Tag hoffte ich, meine Schwester würde ihre Lieder spielen, bevor ich nach draußen geschickt wurde, damit ich sie hören konnte. Auch wenn die Töne rauschten und quietschten, war es doch Musik, und ich bewunderte meine Schwester dafür, dass sie etwas lernte, das zu nichts nütze war. Es war anders als die Dinge, die sie sonst lernte, Gurken ziehen oder Schuhe nähen. Sie spielte unwillig, aber ihr Gesicht wurde dabei still und schön. Abends lag ich ruhig neben ihr im Bett und wartete, bis sie einschlief. Dann legte ich mich näher zu ihr, in ihre Wärme hinein.

Ich bin ihr in manchem ähnlich geworden. Während ich der Flötenmusik lausche, die uns alle um unseren Schlaf bringt, denke ich an ihre dicken, warmen Finger und an ihre frechen Augenbrauen, die sie sich später zu einem schmalen Bogen zupfte, sodass sie immer erstaunt aussah. Auch mir sagen viele, ich sähe erstaunt aus oder verdattert, als hätte ich keine Ahnung, wie ich hierhergekommen bin. In meinem Gesicht kann man das lesen, was ich denke.

Ruhe, sagt jemand leise, gleich fallen andere ein und zischen, Ruhe, wir müssen schlafen, wo ist der Kerl, stopft ihm die Flöte zu. Ich stelle mir vor, wie meine erstaunte Schwester immer noch zu Hause bei den Eltern sitzt, füllig geworden, und manchmal die alte Flöte hervorholt, um die beiden aufzuheitern. Aber weil ich sie schon so lange nicht mehr gesehen habe, gleitet mir ihr Gesicht mit den spöttischen Augen und den rundlichen Backen immer wieder weg, ich meine sie zu sehen, und schon löst sich das Bild wieder in der Müdigkeit auf, und ich sacke kurz weg. Ich weiß auch nicht mehr, wie die Eltern aussehen, ob sie kurzsichtig oder zittrig geworden sind, ob meine Schwester ihnen den Tee einschenken muss, weil sie die schwere eiserne Kanne nicht mehr halten können. Wenn ich sie besuche, werde ich ihnen einen elektrischen Wasserkocher mitbringen.

Die Flöte dringt heiser bis in meinen Schlaf, und ich träume von meiner Schwester, von der ich niemandem erzählen kann, denn geredet wird nur von den Mädchen, den Weibern, deren Fotos herumgezeigt werden, Pfiffe, Schnalzen und jede Menge Witze. Ich bin nicht gut mit Witzen, sie passen nicht zu mir; ich kann sie nicht erzählen und auch nicht komisch finden. Aber es ist gut, ein paar zu kennen, wenn wir draußen vor dem Block zusammenstehen und rauchen oder in der Küche, ich habe welche aus dem Internet heruntergeladen und auswendig gelernt.

Nime hat sie mit mir geübt, mein einziger Freund, solange er hier war. Ich habe mir manchmal vorgestellt, er träfe meine Schwester, sie würden sich ineinander verlieben, der hübsche Nime und meine weiche, runde Schwester, ein schönes Paar, und wir drei wären eine neue Familie. Aber ich wusste kaum etwas über ihn, ich hatte keine Ahnung, wie alt er war, und was er den Tag über machte, erzählte er so wenig wie die anderen hier. Dabei war er nicht schweigsam wie Mon, ganz im Gegenteil, er redete viel und wusste zu allem etwas zu sagen, und während die anderen stumpf um den Tisch hockten und auf ihre mikrowellenheißen Suppen bliesen, erzählte er von haarsträubenden Dingen, die er in der Stadt gesehen hatte. Ich konnte es mir nicht merken. Ich hörte noch nicht einmal richtig zu, die Geschichten waren mir egal; aber ich war froh, dass er mehr herumkam als wir anderen. Die Flötentöne hätten ihm vielleicht sogar gefallen, aber er war schon weg, als sie begannen. Seine Hände waren nicht aufgerissen so wie meine, die Haare legte er sich vor dem Blechspiegel mit dem Kamm in eine Richtung, und manchmal sah ich ihn beim Schattenboxen, langsam die Luft umarmend, im staubigen Licht des sehr frühen Morgens. Deswegen denke ich ja, er hätte meiner Schwester gefallen können, mit ihrem erstaunten Gesicht hätte sie ihm zugeschaut, und er hätte nicht von ihr verlangt, dass sie ihm die Kleider zurechtlegte und das Essen auftat, er machte alles selbst mit seinen flinken Händen.

Wenn wir aufstehen, haben wir einen metallischen Geschmack im Mund, keine Lust auf Frühstück, die Mägen hart und verschlossen, aber es ist wichtig zu essen, denn später, in den Bussen, die uns zur Arbeit fahren, auf den Baustellen und in den Großküchen, an den Fließbändern und auf den Gerüsten gibt es keine Pausen mehr. Ich stecke mir Brotstücke und Riegel in die Taschen und vergesse sie dort, während ich Styropor verlade, Gipsplatten schleppe oder Baugerüste aufeinanderstapele. Erst wenn mein Magen brennt vor Hunger, angle ich sie mit der Hand heraus, die gerade frei ist, und stopfe mir alles auf einmal zwischen die Zähne.

Wir erfahren immer erst Anfang der Woche, wohin wir gebracht werden. Wenn wir aus dem Haus kommen, in unseren Westen und schweren Schuhen, schickt man uns zu den Transportern. Jede Firma hat ihre eigenen Lieferwagen, aber sie sehen sich alle ähnlich, und man muss aufpassen, nicht in den falschen einzusteigen. Wir treten auch mit Husten und Schmerzen an, denn fürs Liegen gibt es kein Geld, und jeder Tag kostet. Als ich den Arm gebrochen hatte, habe ich ihn mir mit einem Seil an den Körper gebunden, damit er beim Schleppen nicht im Weg war.

Bei Nime war es anders, er zog sich morgens ein sauberes T-Shirt an, ich weiß nicht, wie er das schaffte und wo er seine Kleider wusch. Er wusste, was ihn erwartete, und es machte ihn munter. Er schaute uns freundlich zu, wie wir uns die dreckigen Arbeitsanzüge überwarfen. Manche ärgerten ihn, weil er so frisch gewaschen aussah, wie er da stand in seinen hellen Turnschuhen, deren sandfarbene Sohlen er mit Zahnpasta einrieb, damit sie frisch blieben. Sie nannten ihn Nime Extrawurst. Aber niemand quälte ihn, das war gegen die Regeln, und er half aus, wenn jemand Geld brauchte, er hatte mehr als wir.

Einmal hatten wir gleichzeitig frei, ich, weil man mich hatte stehen lassen, während ich noch nach meinen Arbeitshandschuhen suchte, und er, weil er vielleicht wirklich freihatte, jedenfalls rief er mir zu, als alle Busse abgefahren waren: Ferien, und lachte in sich hinein, als hätte er einen Witz gemacht. Vielleicht war es auch einer, den ich wieder nicht verstand.

Ein verlorener Morgen für mich. Wütend stand ich an der Straße und stopfte die Arbeitshandschuhe in die Tasche, die mir den Tag verdorben hatten. Wäre ich doch so gefahren, jemand hätte mir welche geliehen, oder ich hätte ohne Handschuhe gearbeitet, Risse in den Fingern sind nicht so schlimm wie verlorenes Geld. Aber Nime musterte mich, dann lachte er auf, als hätte er einen alten Bekannten entdeckt.

Komm, wir machen etwas, rief er, ich weiß schon.

Lass mich, murmelte ich und wollte schon wieder ins Haus und diesen vergeudeten Tag verschlafen, ich fühlte mich krank.

Da weiß ich etwas, sagte Nime, es wird dir gefallen, ganz bestimmt.

Ich habe kein Geld für irgendwelche Mätzchen, murrte ich, weil ich dachte, er wollte mich zu den Frauen bringen, wo die anderen manchmal ihren Lohn ausgaben.

Keine Mätzchen, wir fahren in die Apotheke, sagte er, legte mir eine Hand auf den Arm, als er sah, dass ich zögerte, und schob mich sanft Richtung Haltestelle. Ich wusste nicht, wohin er wollte, was sollten wir in einer Apotheke, ich war ja nicht wirklich krank, das hätte ich mir gar nicht leisten können. Ich traute mich nicht, den Tag einfach aufzugeben, vielleicht kämen ja die anderen zurück, um mich doch noch abzuholen, oder eine andere Arbeit könnte sich ergeben. Aber Nime stand gelassen im Sonnenschein, als käme gleich der Schulbus, der uns zu einem Ausflug abholte, so wie früher, wenn wir zu einem Freundschaftsspiel in einen anderen Teil von Kirthan gefahren wurden oder zu einer Fabrik, die wir besichtigen durften. Mit seinen Turnschuhen sah Nime aus wie ein Lehrer oder ein junger Banker. Für den Bus hatte er Fahrkarten, und wir setzten uns nach hinten wie die Schuljungen und drehten uns Zigaretten.

Musst du nicht zu deiner Arbeit?

Heute brauchen sie mich nicht, erklärte Nime, und das ist gut: Sie freuen sich dann, wenn ich wieder da bin.

Nime hatte also eine Arbeit, bei der er freudig erwartet wurde. Eine Arbeit, zu der er nicht immer gehen musste. Ich starrte ihn an. Es war gegen die Regeln zu fragen, wer sich freute und wobei sie ihn nicht brauchten und ob es vielleicht auch für mich dort einen Job gäbe oder für meine Schwester, die dringend einen Mann brauchte, einen wie Nime mit zahnpastaweißen Schuhen.

Hast du eine Frau, fragte ich schließlich. Auch diese Frage war gegen die Regeln, aber ich traute mich, weil schließlich der ganze Tag ungeregelt angefangen hatte, und er würde es mir schon nicht übel nehmen.

Vielleicht, sagte er und lächelte. Ich schaute ihn nicht an. Niemand hat hier Zeit für die Liebe, und für Sex war Nime nicht reich genug, auch wenn er bessere Kleider trug als ich. Er hätte mir ein wenig erzählen können, von seiner Familie, von dem Dorf, aus dem er kam, auch ich hätte die ein

142

oder andere Geschichte parat gehabt: Geschichten von zu Hause, von meiner Schwester und mir, von der Flöte und dem Geruch des Benzins an den Händen meines Vaters, wenn er von der Arbeit kam. Meine Frage war eine Einladung gewesen, die Nime ausschlug. Draußen die Hochhäuser der Vorstädte hintereinandergestaffelt wie Bergketten, viele waren halb fertig, überall ragten Kräne in die Luft. Irgendwo in diesen Häuserschluchten zogen meine Kollegen die Handschuhe über, schoben sich noch ein Stück Brot in den Mund und warfen die Betonmischer an.

Noch waren wir allein im Bus; niemand brauchte zu wissen, dass wir durch die Gegend streiften wie Urlauber. Aber da holte Nime schon sein Telefon aus der Tasche und fotografierte mich und sich, den Arm in die Höhe gereckt, den Kopf lehnte er an meinen, und wir sahen aus wie Brüder, oder wie zwei, die etwas im Schilde führen.

Eine Weile fuhren wir so, alte Frauen stiegen ein und aus, am frühen Morgen mussten alle anderen arbeiten oder in der Schule lernen, um später besser zu leben als wir. Meine Schwester wollte Lehrerin werden, aber bis ich wegging, hatte sie es noch nicht einmal versucht. Sie wünschte es sich einfach still für sich. Manchmal übte sie mit den Kindern aus dem Dorf, sie holte alle auf die staubige Fläche hinter den Schuppen, wo die kaputten Maschinen rosteten und keiner sonst hinkam. Dort teilte sie süße Schoten aus, manchmal auch Lakritz, damit die Kleinen darauf kauten und aufhörten zu plappern, und brachte ihnen ein Lied bei oder einen Spruch. Ich durfte zuschauen. Die Stimme meiner Schwester war auf einmal tiefer als sonst, und die Kleinen kauten mit offenen Mündern und strahlten sie an.

Niemand sonst wusste davon, den Eltern sagte sie es nicht, und ich versprach, ihr heimlich eigenes Geld zu schicken, damit sie nachts lernen und dann auf die Lehrerakademie gehen konnte. Bis heute schicke ich ihr jeden Monat etwas, extra in einem eigenen Umschlag, ich weiß nicht, ob sie es bekommt. Wenn sie fortgegangen oder verheiratet wäre, wüsste ich es, oder sie traut sich nicht, es zu erzählen, weil sie Angst hat, der Mann könnte mir nicht gut genug für sie sein.

Niemand ist gut genug für meine Schwester.

Sie wollte mit mir kommen und arbeiten, aber ich verbot es ihr. Sie sollte keine zerrissenen Hände und keine Furchen um die Nase bekommen, keine Ausschläge und blutenden Füße. Sie wollte doch Lehrerin werden, ich stelle sie mir vor in einem dunkelblauen Kleid mit weißem Saum, wie sie mit frisch gewaschenen Kindern im Chor englische Sätze übt. Die bringt sie sich vorher auf dem Handy bei, das hat sie früher schon gemacht, mit einem gezierten Gesichtsausdruck, den sie englisch fand. Nime kann Englisch, ich habe ihn einmal auf Englisch ins Handy sprechen hören, aber vielleicht war es auch eine andere Sprache.

Er hatte sich in den Kopf gesetzt, dass wir Urlaub machten, und er ließ sich nicht beirren. Als wir ausstiegen, schoss er Fotos, so wie Tausende von Urlaubern, die sich hier drängten und ständig gegenseitig knipsten. Unmengen von Leuten schoben sich durch die baufälligen Straßen, an Verkaufsständen und Fressbuden entlang, Engländer oder andere Fremde, ich konnte sie nicht auseinanderhalten. Sie hatten nichts anderes zu tun, als zu kaufen, alle trugen Tüten und Taschen in den Händen und über den Schultern. Überall schrien Händler ihre Preise auf Englisch, schwenkten Früchte oder Fleischspieße, Taschenlampen und Handyhüllen, alle trugen Sonnenbrillen, auch die Bettler, die mit ihren verbundenen Gliedern und verzerrten Mienen an den Wänden lehnten und so laut wie möglich stöhnten, und über die Menge hinweg schossen kleine, blitzschnelle Vögel, die ich noch niemals zuvor gesehen hatte.

Die kannst du auch kaufen, rief Nime, sie sind nicht teuer, man kann sie steuern. Während ich noch nach oben starrte, drückte Nime mir ein Stück tropfenden gebackenen Fisch in die Hand und drängte mich weiter. Er schien sich über nichts zu wundern, als wäre er schon oft hier gewesen. Vielleicht arbeitete er in der Nähe. Er zeigte hierhin und dorthin, erklärte, warum die Urlauber so viel Geld für Tee ausgaben, den es doch überall gab, dass die Häuser bald abgerissen würden, weil sie zu schäbig waren wie alles, was alt war, man konnte sie nicht mehr reparieren, und dass die Fremden Dinge liebten, die bald verschwinden würden, darum seien sie da.

Sie glauben, ihre Fotos sind dann mehr wert, wenn alles weg ist.

Und warum sind wir hier, fragte ich.

Wir haben frei, sagte Nime, und ich zeige dir dein Zuhause.

Ich wollte sagen, dass dies nicht mein Zuhause war, diese lärmende Straße mit all dem Geschrei und Gedränge, aber ich wollte es ihm nicht verderben.

Oder warst du etwa schon mal hier? Es ist deine Stadt. Du musst sie kennenlernen.

Mir war Nime nicht ganz geheuer. Er kannte sich so gut aus, als gehöre er hierher, er schien hellwach und jünger als zuvor, als wäre er wirklich im Urlaub. Er schaute mich an.

Warum schaust du so düster? Du musst Schattenboxen machen, das macht dein Blut frisch.

Du musst, du musst. Was muss ich noch? Wieso Schattenboxen?

Nime lachte und winkte ab. Er wollte nichts erklären und nichts erzählen, wie vorhin im Bus.

Ich denke, du willst zur Apotheke, sagte ich, vielleicht gibt es da etwas gegen Düsterkeit. Aber er hörte mich nicht, er war schon weitergegangen.

Die Straßen, über denen das Geschrei von tausend Stimmen hing, waren mir völlig fremd. Hier hatten wir noch nie gearbeitet. Ich war es nicht gewohnt, einfach herumzugehen, ohne etwas zu erledigen, ohne Anweisungen. Müde lief ich hinter ihm her, obwohl er sich dauernd umdrehte, musste ich aufpassen, ihn nicht aus dem Blick zu verlieren. Fast wünschte ich mir, er trüge eines dieser Fähnchen, das die Reiseleute um uns herum in die Luft streckten, um ihre Gruppe zusammenzuhalten, überall ragten sie aus der Menge wie Zahnstocher.

Gehen wir noch weit?

Ich wurde immer langsamer, wie ein unlustiges Kind, das ein schlechtes Gewissen bekommt, weil der ganze Ausflug nur seinetwegen stattfindet.

Ich bringe dich zur Apotheke, versprach er, als wäre eine Apotheke ein Ziel, auf das man sich freuen müsste. Wenn jemand von uns krank ist, fährt einer in die Klinik und holt Medikamente, so einfach ist das. Krankheit ist nicht vorgesehen, und wenn sie doch passiert, müssen wir sie sehr schnell loswerden. Einmal war Mon so krank, dass er morgens nicht aufstand. Er durfte aber nicht liegen bleiben, weil die Säle kontrolliert werden, niemand darf sich tagsüber dort aufhalten. Wir hoben ihn aus dem Bett, trugen ihn zur Dusche und rieben ihn mit kaltem Wasser ab. Er zitterte so heftig, dass wir ihn kaum abtrocknen konnten, aber dann schaffte er es doch die Treppen hinunter, und wir ließen ihn vor dem Block auf der kleinen, staubigen Grünfläche zurück, wo er abends, als wir aus den Transportern stiegen, zusammengerollt lag.

Es ist nicht mehr weit, und es wird dir guttun.

Meine Müdigkeit wuchs mit jedem Schritt, als hätte mein Körper auf einmal Zeit für Erschöpfung, und ich blieb stehen, weil ich so heftig gähnen musste, dass es mir den Kopf in den Nacken riss. Nime wartete und schaute mich geduldig an.

Du bist erschöpft. Sie werden etwas haben, das dir hilft.

Fast war es so, als wäre Nimes Gerede von der Apotheke ein Infekt. Ich wollte mich hinlegen, so wie Mon damals auf dem Grünstreifen, oder wenigstens stehen bleiben.

Können wir etwas langsamer gehen, ich denke, wir machen Urlaub, murmelte ich, aber das hörte er nicht im Stimmengewirr der Straße. Hier war es so voll, wie ich es aus dem Fernsehen vom Platz Ohne Namen kannte, überall drängten sich Reisegruppen.

Nime, was ist hier los, rief ich, was gibt es denn umsonst.

Eine Sehenswürdigkeit, unsere Apotheke, sagte er und zeigte auf ein mehrstöckiges, aus dunklem Holz gebautes Gebäude, vor dem sich die Leute hin und her schoben. An der Tür, einer schweren Schwingtür mit goldenem Beschlag, stauten sie sich, Kranke an Krücken, mit Kopfverbänden, Urlauber mit Kameras, hustende Kinder. Ich begriff nicht, warum alle gerade hierherkamen, als gäbe es nur diese Apotheke in der Stadt.

Was wollen die alle hier, fragte ich, aber Nime schob mich um eine Ecke, wo in einem unscheinbaren Seiteneingang jemand stand und rauchte. Er nickte Nime zu und trat zur Seite, um uns einzulassen. Wir gingen vorbei an Kästen, Schachteln und leeren Kartons, Nime schob einen Vorhang zur Seite, und wir traten in einen riesigen, halbdunklen, sehr hohen Raum, in dem es, obwohl überall Leute warteten und sprachen, trotzdem ruhig zuging. Die Decke war mit schwerem rotem Stoff abgehängt; an den Wänden glänzten in meterhohen gläsernen Vitrinen Tausende von Flaschen und Gläsern. Hinter polierten Holztheken hantierten dunkelrot gekleidete Apotheker mit Mörsern und Tiegeln. Die Frauen hatten die Haare hochgesteckt, die Männer trugen flache Kappen über ihren zurückgebürsteten Haaren. Immer wieder wurden Körbe mit Bündeln getrockneter Kräuter und Blätter über die Tresen gewuchtet. In einer Ecke saß jemand mit einem gläsernen Pendel, umringt von Zuschauern. Andere standen, handgeschriebene Rezepte in der Hand, in einer der endlos gewundenen Schlangen, in die man sich einreihen musste, um behandelt zu werden. Alle warteten geduldig; die Glücklichen, die bis nach vorne vorgedrungen waren, sprachen leise mit den Gehilfen und zeigten ihre schmerzenden Glieder. Ich sah, wie jemand den Mund aufsperrte und dem Apotheker sein Gebiss hinhielt; eine schwangere Frau stützte sich schwer auf die Theke, während die Gehilfin ihr verschiedene Portionen grünlicher und silberner Späne in lackierte Papiertüten füllte.

Es sah so aus, als wüssten alle genau, was zu tun war, nicht weil es ihnen jemand befohlen hatte, wie uns auf der Baustelle, sondern weil sie geübt und sicher in jeder Bewegung waren. Nichts wurde verschüttet, alle Bewegungen waren rasch und klar. Niemand drängelte, niemand feilschte, und wenn die Kunden bezahlen mussten, legten sie die sorgfältig abgezählten Münzen auf die Theke, als sei es eine Ehre.

Nime beobachtete mich und sah, dass ich staunte.

Und jetzt hol dir, was du brauchst.

Aber ich brauche nichts, wollte ich sagen, doch ich kam nicht dazu, weil eine Frau an mir vorbeiging, deren Haar mich an meine Schwester erinnerte, überall dieses leise Murmeln, süßlicher Duft eines frischen Krauts gleich hinter uns, und auf einmal gaben meine Knie nach, bis ich auf den Boden sank. Es war kein Sturz, sondern ein langsames Wegsacken, die Bewegung war so langsam, dass es eher so ausgesehen haben muss, als wolle ich mich einfach kurz zur Ruhe betten. Ich ging zu Boden und blieb dort liegen. Die Dielen waren nicht kalt und rochen nach Bienenwachs. Ich schloss die Augen und ruhte mich aus. Ich weiß nicht, wie viel Zeit verstrich. Mein Kopf ruhte auf dem blanken Holz. Nach einer Weile schaute ich hoch, weil jemand meine Hand berührte, dann meine Beine. Ich war umringt von Nime und einer Schar Apotheker und Gehilfen. Einer presste mir die Stirn, ein anderer hielt meine Füße. Wieder schloss ich kurz die Augen, jemand bedeckte mich mit etwas, einem leichten Tuch oder einer Decke, ich hielt still, und weiter weiß ich nicht mehr.

Irgendwann erwachte ich in einem Taxi. Ich schreckte hoch und starrte aus den beschlagenen Fenstern. Neben mir saß Nime, der aufmerksam zu mir herübersah, vor uns drehte der Fahrer am Radio und sprach gleichzeitig in ein Handy, das, am Rückspiegel aufgehängt, hin- und herpendelte wie ein Glücksbringer. Ich war noch nie zuvor in einem Taxi gefahren.

Wer bezahlt das, wollte ich fragen, aber meine Stimme brach, und ich räusperte mich. Über meinen Knien lag immer noch das Tuch, ein leichtes hellrotes Baumwolltuch.

Nime nickte mir zu und klopfte mir leicht aufs Knie.

Siehst du, du hast dir geholt, was du brauchst.

Ich starrte ihn an.

Hast du in der Apotheke etwas gekauft?

Das wollte ich gar nicht, sagte Nime. Ich habe ja gar kein Geld dabei. Ich wollte sie dir nur zeigen.

Gehst du dorthin, wenn du krank bist?

Ich bin nie krank, lachte Nime. So wie du. Und wenn doch, hole ich mir Tabletten im Supermarkt. So wie du.

Er wollte so tun, als wären wir uns ähnlich, aber ich nahm es ihm nicht ab. Es machte mir nichts; er zog mir die Decke über den Knien zurecht wie eine Mutter, und wir fuhren durch endlose, gerade Straßen mit Wohnblöcken, bis wir an unserem Block ankamen, stiegen aus, ohne zu zahlen, und standen vor dem fleckigen Gebäude.

Es war früher Nachmittag, alle anderen waren noch bei der Arbeit, nur wir hatten den Tag in einer Apotheke verbracht. Ich legte mir das Tuch um die Schultern und fröstelte. Vielleicht war ich in der Apotheke krank geworden. Das durfte nicht sein, ich musste am nächsten Tag unbedingt wieder auf die Baustelle, noch einen solchen Tag durfte ich mir nicht erlauben. Nime war schon vorausgegangen, ich hörte ihn im Treppenhaus pfeifen, während ich schwerfällig die Stufen hinaufstieg, und als ich in den Schlafsaal kam, war er nirgends zu sehen. Ich wusste nicht, ob ich mich bei ihm für diesen Ausflug bedanken sollte oder für das Taxi oder für den behutsamen Sturz in der alten Apotheke.

Ein paar Tage später war er dann weg. Ohne sich zu verabschieden. Das passiert oft, die Männer finden woanders Arbeit, oder sie verletzen sich und können das Bett nicht mehr bezahlen, man erfährt es nie. Ich habe herumgefragt, aber niemand wusste etwas.

Der war doch dein Freund.

Komisch war der.

Hat nicht hierher gepasst, der war doch was Besseres.

Ich sagte nichts dazu.

Wenn das Licht verlischt und der Flötenspieler über uns zu spielen anfängt und Mon mit leisen Schritten in den Gängen auf und ab geht, dann ziehe ich mir meine rote Decke über den Kopf. Manchmal denke ich an Nime, wo er nun wohl steckt und wen er vielleicht durch seine Stadt schleppt. Und ich denke an unseren Urlaub in der Apotheke.

Und wie er meiner Schwester wohl gefallen hätte.

Der Garten

2015

Wir konnten kaum etwas mitnehmen, deswegen ist die neue Wohnung sehr leer. Als der Bescheid kam, dass wir das Dorf verlassen müssten, waren wir ein paar Tage lang wie gelähmt. Wir standen vor den Hütten, manche redeten leise miteinander, andere weinten. Niemand wusste, wohin sie uns schicken würden. Jemand aus der Stadt hatte ein paar Kataloge verteilt, auf denen an Hochhäusern mit schimmernden Fassaden Satellitenschüsseln blitzten. Als wir wissen wollten, ob wir dort wohnen würden, nannte er keine Einzelheiten. Es schien eher so, als verstünde er unsere Frage gar nicht.

Unsere Nachbarn, deren Garten besser und länger blühte und mehr Früchte trug als alle anderen im Ort, gruben Setzlinge und Knollen aus, die sie nicht zurücklassen konnten. Andere verpackten Hühner, Vögel, sogar Katzen in Körbe und Käfige. Berge von Schachteln, Kisten und zusammengeklebten Koffern türmten sich zum Stichtag am Straßenrand. Die Arbeiter auf den Lastwagen, die alles verladen und in unsere neuen Wohnungen bringen sollten, lachten nur. Ein Stück pro Mensch, hat man euch das nicht gesagt? Gar nichts hat man uns gesagt, murmelten die

Nachbarn und brachten ihre Setzlinge rasch zurück in den Garten, damit sie wenigstens nicht vertrockneten. Was wollt ihr, riefen die Arbeiter herausfordernd und traten gegen die Kisten, wollt ihr euch beschweren?

Nichts, schon gut.

Zum Glück hatte Pasan nur unsere große schwarze Tasche gepackt. Von den Hühnern hatte ich mich schon längst verabschiedet und ihnen den Rest des Futters ausgestreut. Manchmal frage ich mich, was aus ihnen geworden ist. Ich weiß nicht, wie lange Hühner in der Wildnis überleben. Die Katzen werden es auch ohne uns schaffen, sie wollen dort sterben, wo sie ein Leben lang gejagt, gefressen und geschlafen haben.

Wir standen schweigend vor der Hütte und sahen den anderen dabei zu, wie sie alles zurücktrugen, die Bücher in die Regale und die alten Krüge und Tassen wieder in die Schränke räumten und die Tiere in die Gärten setzten. Sorgfältig schlossen sie die Gatter hinter sich, als könnten sie diese lebenslange Gewohnheit nun nicht aufgeben. Dabei wäre es besser, die Tiere frei zu lassen, so könnten sie fliehen, wenn alles überflutet wird.

Manche glaubten, es würde nicht passieren. Eine leere Drohung, eine Lüge, riefen sie heiser vor Wut. Noch kurz vor dem Abtransport gingen sie durch die Straßen und wollten uns bewegen, einfach dazubleiben. Aber als dann die Autos kamen, stiegen sie doch ein. Manchmal stelle ich mir vor, einer wäre heimlich dortgeblieben, hätte sich in seine Hütte eingeschlossen und gewartet, bis die große Welle auf das Dorf zurollt, über den Hütten zusammenschlägt und alles mit sich reißt. Es gab einige alte Leute, denen es nichts ausgemacht hätte. Aber niemand blieb zurück.

Die Lastwagen verteilten uns in fremden Gegenden. Dort gab es keine Parkplätze oder Straßen, nichts war fertig, so staubig hatte ich mir die Stadt nicht vorgestellt. Die wenigen Leute, die wir sahen, trugen Mundschutz. Jeder, der ausstieg, bekam einen Plan, einen Schlüssel und seine Kiste, und immer wenn der Wagen wieder anfuhr, standen sie da, die Nachbarn, den Plan in den Händen, zwischen zugigen Haustürmen, und starrten uns hinterher. Den ersten winkten wir noch, aber es war seltsam, Leuten zu winken, die man sonst nur aus der Nähe kennt, und wir ließen es bleiben.

Wir trugen unsere schwarze Tasche in die neue Wohnung, Pasan und ich, ohne eine Träne. Das alte Kapitel war abgeschlossen, und über einen frischen Anfang weint man nicht. Alles, was wir sahen, war neu. Nur schmerzte mir in den ersten Monaten immer der Kopf, ein drückender Schmerz, als hätte jemand den Deckel zu fest auf mein Gehirn geschraubt.

Wir haben im Megamarkt rasch dies und das gekauft, aber weil wir es eilig hatten, griffen wir einfach aus den Regalen, was sich anbot, ohne nachzudenken. Der neue Kühlschrank ist zu groß, der Staubsauger eine runde Scheibe, die ohne Unterlass in jede Ecke fährt, und wenn ihr der Strom ausgeht, parkt sie neben der Steckdose und lädt sich wieder auf. Anfangs waren wir gerührt und erleichtert, dass wir die Arbeit nicht tun müssen. Unsere Hände bleiben sauber, die Rücken gerade. Die Sonne brennt uns keine Falten mehr ins Gesicht. Wenn sie mittags hoch steht, lassen wir die Rollladen herunter. Abends bücke ich mich nach den Schuhen, um den Matsch von den Sohlen zu kratzen, aber sie sind nicht dreckig geworden.

Keine Ränder unter den Fingernägeln, keine aufgesprungenen Lippen.

Es gibt nichts mehr zu tun für uns. Das Geld, das man uns für den Umzug gezahlt hat, haben wir noch längst nicht aufgebraucht, weil uns nichts mehr einfällt, was wir noch kaufen könnten.

Pasan fährt den ganzen Tag Fahrstuhl. Ich kann ihn nicht davon abhalten. Anfangs bin ich mit ihm gefahren. Wir haben gelacht, wenn die Türen sich zuschoben, haben die Sekunden gezählt, die er brauchte, um bis ganz nach oben und in die Tiefgaragen hinunterzufahren, und wenn andere einstiegen, haben wir uns zugezwinkert. Bald wusste Pasan, wer in welcher Etage wohnt, und drückte für die Fahrgäste die richtigen Knöpfe. Manchmal trug er sogar Einkaufstaschen vor die Wohnungstüren der alten Leute und half ihnen mit den Schlüsseln, die sich nur schwer in die winzigen Schlösser stecken lassen, wenn man nicht gut sieht. Sie dankten ihm und wollten ihn zum Tee einladen, aber darauf ließ er sich nicht ein, weil er ja wusste, dass ich auf ihn wartete, und weil er die Leute nicht kannte. Auch sie kannten ihn nicht, niemand kannte sich, obwohl sie versprochen hatten, die Leute aus den Dörfern zusammenzuhalten und häuserweise unterzubringen. Da muss ihnen etwas gründlich durcheinandergeraten sein; ich habe niemanden aus dem Dorf jemals wiedergesehen. Mit manchen schreibe ich Nachrichten, einige wohnen nicht weit von hier, zwei oder drei Blöcke entfernt, aber es kommt nicht dazu, dass wir uns treffen. Wir müssten einen Ort ausmachen, telefonieren, das haben wir nie zuvor gemacht, und warum sollten wir nun damit anfangen? Und was hätten wir uns zu erzählen? Wir haben nie viel miteinander geredet, sondern uns Schaufeln geliehen und frischen Kuchen gebracht, zusammen getrunken und uns Geld geliehen, und wenn im Herbst die Dächer leckten, kam einer rüber, der gut im Flicken war, und dafür bekam er eingemachte Früchte. Natürlich wussten alle Bescheid, wenn es Neuigkeiten gab, ein neues Liebespaar, eine Schwangerschaft, eine Keilerei, und wenn jemand in die Stadt reiste, brachte er Dünger und Medikamente für das ganze Dorf mit.

Was sollten wir uns jetzt erzählen? Wir haben das nicht geübt, am gedeckten Tisch zu sitzen und mit kleinen Tassen in der Hand zu plaudern.

Die Einkäufe werden uns gebracht, weil es keine Läden gibt. Pasan hat anfangs alles abgesucht, er war längere Zeit weg, hatte den Rucksack auf dem Rücken und zwei Körbe unter dem Arm, denn mir fehlten einige Kleinigkeiten, Dinge, die wir nirgendwo bestellen können: eine Ingwerreibe, die alte habe ich im Dorf vergessen. Magnesium für die Waden. Frische Erbsen. Ein Suppenhuhn und alte Glühbirnen, die in die Fassungen meiner Tischlampe passen. Wenn wir die Birnen nicht bekommen, bleibt es dunkel am Tisch. Oder wir sitzen im weißen Licht der neuen Deckenlampe, unsere Gesichter ausgeleuchtet bis an die Haarwurzeln, und schauen still auf die Dunkelheit vor den Fenstern. Pasan sollte mir auch Spiritus zum Fensterputzen mitbringen, obwohl er mir verbietet, hier oben die Fenster zu putzen, er hat Angst, ich könnte hinunterfallen. Er ist losgegangen mit seinen Körben und kam erst viele Stunden später zurück, erschöpft und etwas betrunken.

Es gab keinen Laden, sagte er, hier ist nichts.

Es muss doch irgendwo einen kleinen Laden geben, rief ich. Was machen denn all die anderen Leute?

Sie machen es wie wir, sie bestellen alles, sagt Pasan, oder sie stehen unten an den Briefkästen und tauschen.

Hast du bei ihnen Bier getauscht, frage ich, und er senkt beschämt den Kopf. Pasan ist wie ein Kind, er lügt nicht, und sein Gesicht verrät mir alles. Ich kann ihm nicht böse sein. Aber das Einkaufen fehlt mir. Pasan geht, seitdem wir nichts mehr zu tun haben, öfters nach unten zu den Männern an den Briefkästen. Ich weiß nicht, was er dort treibt, er tauscht jedenfalls nichts ein; vielleicht steht er nur bei ihnen, so wie früher am Weg oder bei den Gärten, kratzt sich im Nacken und wartet, dass jemand ihm ein Bier spendiert.

Vielleicht sollten wir so einen kleinen Laden aufmachen, murmele ich. Wir könnten all die Dinge verkaufen, die uns fehlen. Pasan horcht auf.

Die Tauscher wollen das auch, sagt er, tauschen ist schön und gut, aber ein Laden ist besser, weil du eine Tür hast und Regale, es ist übersichtlich, und jeder findet etwas. Aber es gibt keinen Platz für Läden hier.

Unsinn, rufe ich, es gibt jede Menge Platz hier, das weiß doch jeder. Schau, wie viele Wohnungen leer stehen. Ich zeige auf die Wohnblöcke um uns herum, dunkle Türme, nur wenige Fenster leuchten hell, so wie unsere.

Willst du im zwölften Stock einen Laden aufmachen, murmelt Pasan. Wer soll dort hinkommen? Was sollen wir verkaufen?

Ich weiß ja, dass es nicht geht. Aber es wäre ein Plan, etwas, worüber wir nachdenken könnten, ein Gesprächsthema. Manchmal, wenn ich nachts wach liege, weil ich nach einem langen, stillen Tag nicht müde geworden bin, stelle ich mir den kleinen Laden im zwölften Stock vor, wie ich ihn einrichten würde, so wie unseren Dorfladen

158

vielleicht, mit hölzernen Wandregalen und einer schönen Theke aus Messing und poliertem Glas, und Pasan stünde hinter der Theke und schöbe seinen Tauschbrüdern das Bier zu. Sie gingen vor die Tür, würden die Flaschen aneinanderstoßen, reden und rauchen, und Pasan würde sich zu ihnen stellen, bis der nächste Kunde käme. Ich wäre die Besitzerin, aber das würde ich ihm nicht sagen, damit er es vergisst und sich benehmen könnte wie ein Chef, das hat er früher gern gemacht, und ich weiß, dass es ihm fehlt. Wir müssten unten am Fahrstuhl Schilder mit Pfeilen anbringen, damit die Leute uns fänden. Pasan's Shop. Pasan International. Pasan's.

Das spricht sich herum, sage ich, aber Pasan schüttelt nur den Kopf.

Die Tiere fehlen mir.

Wir hatten Hühner, kleine, schokoladenbraune mit gelben Beinen, die flinker waren als jede Katze, und auch einige große mit schneeweißen, buschigen Federn, sie scharten sich um mich und hackten nacheinander, wenn ich Futter ausstreute oder alte Nudeln. Man konnte sie nicht anfassen, aber das störte mich nicht, ich mochte ihre Eile und das Gewimmel im Garten, den sie nie verließen, obwohl er nicht eingezäunt war.

Die Katzen waren einfach da, mager und mit kahlen Flecken, und ich jagte sie nicht davon. Steifbeinig und gleichgültig gingen sie vorüber, als hätten sie eine Verabredung in besserer Gesellschaft, aber dann fand ich sie doch auf dem Schuppen, wo sie zusammengerollt und mit schmalen Augen den Hühnern hinterherstarrten.

Einmal brachte Pasan einen Hund, einen aufgeregten, runden Welpen, der sofort auf mich zusprang, und ich gab

ihm Futter, bis er eines Morgens alle Stuhlbeine angenagt
hatte, neben jedem Stuhl lag ein Häufchen Späne. Stumm
vor Wut trug Pasan die Stühle in den Garten und schliff sie
ab, und ich nahm den Hund unter den Arm, dem wir zum
Glück noch keinen Namen gegeben hatten, trug ihn auf die
Felder und setzte ihn in die Maisstauden, wo er begeistert
herumstöberte und ich mich schnell davonstehlen konnte.

Hier haben wir neue Stühle mit lackierten Beinen, und
an den jungen Hund habe ich schon lange nicht mehr
gedacht. Pasan könnte die Stühle hier nicht schleifen, er
musste sein Werkzeug zurücklassen, weil es zu schwer war.
Nur ein paar Nägel, einen Schraubenzieher und einen kleinen Hammer hat er eingepackt, und als er uns in der neuen
Wohnung damit ein Bild aufhängen wollte, bröckelte der
Nagel gleich wieder aus der Wand. Nun haben wir es einfach an den Schrank gelehnt.

Wir haben hier warmes Wasser, sage ich zu Pasan, oder
er sagt es zu mir, wir drücken den Knopf der Kaffee-
maschine, wir drücken die Toilettenspülung, alles funktioniert, das sollten wir nicht vergessen, sagen wir uns.

Wenn in allen Etagen in all diesen Häusern im ganzen Block und überall in der Stadt alles so gut funktioniert,
dann ist das ein Wunder, sagen wir uns. Dass früher nichts
funktioniert hat, sagen wir auch manchmal, aber dann schä-
men wir uns, dass wir die Zeit im Dorf schlechtmachen,
uns hat es damals an nichts gefehlt, denken wir, und ich
sage es auch.

Pasan schweigt, er tritt ans Fenster, fährt mit der flachen
Hand über die Fensterbank aus künstlichem Marmor und
schaut über den Wohnpark, die gelb verkleideten, endlos
hintereinander gestaffelten Hochhäuser, die leeren schma-

len Grünstreifen, die sauberen Wartehäuschen an den Bushaltestellen, die von oben größer aussehen als die Scheunen in unserem Dorf. Die Straßen werden allmählich fertig, kein Staub mehr.

Wenn ich an unser Dorf denke, sehe ich es immer so, wie es war. Überall Pfützen, und die Dächer mit Planen geflickt, sodass es aussah, als trüge der ganze Ort eine Duschhaube. Ständig liefen Leute hin und her, schoben Karren, trugen Plastiktüten herum, anfangs wusste ich nicht, was sie taten, aber ich lernte bald, was zu tun war. Ich liebte dort niemanden außer Pasan, aber mit allen sprach ich mehr als mit ihm. Nun ist alles verschwunden unter der glatten Decke des Wassers.

In den Nachrichten, die Pasan immer laufen lässt, sieht man manchmal die Landschaften der Innovation. Unser Dorf gehört nun dazu. Eine notwendige Maßnahme, man hat sie uns immer wieder erklärt, erst war ein Komitee im Ort, dann ein Direktorium und zuletzt eine Planungsgruppe. Geduldige Leute, ausgezeichnet gekleidet, in feinem Tuch und mit handgenähten Schuhen, und wir haben sie auf dem Marktplatz bewirtet, weil wir Fremde immer herzlich empfangen. Dort standen die Maschinen schon bereit, als wir weggebracht wurden. Da waren die Tiere schon abgeholt worden. Ich weiß nicht, warum sie die Häuser abreißen, wenn doch sowieso alles im Wasser versinkt. Pasan hat mich, als ich heulend am Haus stand und kleine Bröckchen aus der alten Steinmauer pulte, um sie als Andenken mit in die Stadt zu nehmen, fest um die Schulter gefasst und weggeführt wie ein trotziges Kind, das morgens in die Schule gebracht werden muss.

Komm, sagte er, hier gibt es nichts mehr zu tun.

In dem Moment, als wir in den Transporter einstiegen, musste ich an den jungen Hund denken, ob er im Maisfeld etwas zu fressen gefunden und sich durchgeschlagen hatte und was aus ihm werden würde, wenn die Flutwelle käme, und auf einmal hatte ich ihn vor Augen, zappelig und hellbraun, wie das Wasser ihn erfasst und herumschleudert, nicht an die Hühner dachte ich oder an unsere armen Katzen, sondern an diesen Welpen, der unsere Möbel zerstört und den ich vor Jahren weggetragen hatte. Ich zögerte und wollte mich schon zum Haus umdrehen, ob ich ihn dort sähe, aber er war ja längst weg, und Pasan schob mich in den Wagen zu all den anderen.

Und nun steht er am Fenster, es fehlt nur, dass er sich ein Fernglas vor die Augen hält und Richtung Süden schaut, wo unser Dorf war, aber bevor es dazu kommt, schalte ich den Fernseher ein und ziehe ihn zu mir aufs Sofa.

Dann kommt er einmal in heller Aufregung durch die Tür. Sie machen da was, ruft er und winkt mich ans Fenster, du kannst es sogar von hier oben sehen, einer hat damit angefangen, ich weiß nicht, woher sie die Erde haben. Ich trete so nahe ans Fenster, dass ich die Kühle des Glases spüren kann, und starre hinunter.

Dort unten, auf der kleinen Grünfläche zwischen den Häusern, passiert etwas. Jemand hat einen Haufen schwarze Erde aufgeschüttet, den Leute mit Schaufeln und einer Schubkarre auf der schmalen Wiese verteilen. Sie zerhacken den Rasen und klauben Steine aus der Erde. Ich kann nicht erkennen, ob es Arbeiter sind, sie tragen nicht die üblichen roten Hosen und Westen, und mittendrin erkenne ich einige von den alten Männern, die sonst an den Briefkästen Bier trinken.

Was ist da los, frage ich, hast du etwas gehört.

Der, siehst du ihn, Pasan zeigt nach unten, der hat damit angefangen.

Womit denn, frage ich geduldig.

Jeder sagt was anderes. Pasan ist unruhig, er läuft am Fenster hin und her. Aber ich glaube, dieser Nime und die anderen wollen etwas anbauen.

Das ist ein Park, sage ich leise, das dürfen sie nicht.

Ein Park? Pasan lacht. Ein Witz ist das.

Ich drehe mich um, als höre jemand mit. Wir dürfen nicht so sprechen, und bisher sind wir an den Grünflächen vorbeigegangen, als nähmen wir sie ernst, niemand hat das Gras betreten oder dort seine Wäsche aufgehängt. Kein Schnipsel liegt auf dem mageren Rasen. Nun trampeln sie dort unten herum, zerkleinern die Grasnarbe, werfen Steine auf den Weg. Diesen Nime kann ich nicht erkennen, aber auch er sollte wissen, dass wir nicht auf dem Land sind, man wird einschreiten. Sicher haben sie keine Genehmigung beantragt. Was sie wohl anbauen wollen auf dem trockenen Boden. Und selbst wenn sie es schaffen, selbst wenn hier die ersten Bohnen wachsen, wird es niemals gestattet werden. Denn es würde nicht mehr aufhören, alle würden Gärten haben wollen, zwischen den Häuserblocks. Dicht besäte Felder und kleine Äcker, Streifen von Gemüsegärten und Kräuterbeete, schön wäre das, ruft Pasan, ich gehe mal wieder runter, und schon ist er aus der Tür, Nime braucht jede Hand. Ich warte am Fenster, bis ich ihn unten vor das Haus treten sehe. Er schlendert langsam hinüber zu den Gärtnern, nickt ein paar alten Tauschern zu und beugt sich über die neue schwarze Erde, die kostbar aussieht, wie ein Haufen feinster dunkler Schokolade, bestäubt mit Kaffee. Jetzt sehe ich auch den Neuen, er ist jünger als die Tauscher, hat einen Spaten in der Hand und erklärt den anderen etwas. Dann setzt er den Spaten, schüttelt den Kopf und lacht. Der Boden ist so hart und spröde, sie werden viel Erde aufschütten müssen. Keine Würmer. Wo kann man hier Erde finden? Sie werden Kompost machen müssen.

Viele kleine Schritte, bis ein Garten wachsen kann.

Wenn alles so wächst, wie sie glauben, und wenn niemand die Setzlinge platt tritt, die sie nun in die neue Erde drücken, und wenn kein heftiger Platzregen die Samen wegspült und kein Sturm den frischen Boden aufpeitscht, dann werden sie in den heißen Sommermonaten jeden Tag Wasser in Eimern durch die Treppenhäuser nach unten tragen, sie werden Schnecken von den keimenden Blättchen pflücken und in ein paar Monaten dort unten Gemüse ernten, und vielleicht, denke ich, vielleicht könnte das ein oder andere Huhn dort unten ein Korn finden, mir fehlen die kleinen Eier mit der grünlichen Schale. Den Eiern, die sie uns liefern, traue ich nicht, groß wie eine Faust sind sie, und das Eigelb schleimig.

Ich lehne am Fenster und starre hinunter, erst sehe ich nur Männer, aber dann dicht am Eingang auch Frauen, sie zählen Samen in Tütchen und schenken Tee aus. Der Jüngere wechselt zwischen den Grüppchen hin und her, er redet mit allen, fast wirkt er wie eine Art Anführer. Wenn ich hinunterginge, könnte ich bei ihnen stehen, hören, was er sagt, und den Geruch nach Erde und Grün einatmen, den Pasan mir neulich als Parfum kaufen wollte. Als im Fernsehen die Gärten der Welt gezeigt wurden, kaiserliche Parks, Blumenbeete in schreienden Farben und herrschaft-

164

liche Gärten mit Springbrunnen und Rehen, habe ich, obwohl ich es für mich behalten wollte, leise gesagt, das brauche ich alles nicht. Mir fehlt nur der Geruch.

Welcher Geruch, hat Pasan gefragt, der Gestank im Hühnerhaus, oder der Kompost hinter der Scheune?

Er wollte mich zum Lachen bringen, aber ich sagte es noch einmal: Die Erde, weißt du nicht mehr, wie es beim Umgraben gerochen hat. Ich kann es nicht beschreiben.

Wenn es dir so fehlt, sagte Pasan, dann kaufe ich dir ein Parfum, das heißt *Das Alte Land*.

Nun musste ich doch lachen. Noch nie im Leben habe ich ein Parfum besessen. Ich sollte bald damit anfangen.

Ich wünsche es mir zu Neujahr, sagte ich zu Pasan.

Ich kann dir auch das Parfum *Innovation* schenken, sagte Pasan, aber ich glaube, das riecht nach gar nichts.

Und nun hackt er dort unten im Boden herum, als könne er nicht genug kriegen, dabei waren wir doch froh, dass wir uns die Hände nicht mehr dreckig machen mussten. Und wenn das noch lange so weitergeht, fahre ich hinunter und helfe ihm. Wenn ich zu lange warte, kommt er hoch, und der Spaß ist vorbei.

Ich binde mir ein Tuch um den Hals, schaue in den Spiegel, als ob es jemanden interessieren würde, wie mein Haar sitzt, feines, glattes Haar, das wie ein staubig gewordener Helm auf meinem Kopf sitzt, und fahre mit dem Aufzug nach unten, so schick, als wollte ich ausgehen. Schon im Flur höre ich die Stimmen der Alten vor dem Haus, das Murmeln der Frauen am Eingang, Pasans Husten und den Jüngeren. Ich drücke die Haustür auf und rieche gleich den Geruch der aufgestochenen Erde. Pasan dreht sich um und grinst mich an.

Siehst du, ruft er, es geht voran.

Dürft ihr das denn, frage ich leise, aber er hat es doch gehört. Ich glaube, er kann meine Lippen lesen.

Nur eine kleine Fläche, sagt er, Nime meint, das ist erlaubt. Der Jüngere dreht sich um und nickt mir zu. Mit seiner Schirmmütze und der Weste mit den vielen Taschen sieht er nicht aus wie ein Anführer, sondern wie ein Hausmeister, einer, der die Schlüssel hat und alles reparieren kann.

Woher will Nime das wissen, will ich sagen, aber dann behalte ich es für mich. Denn es ist mir egal, ob er recht hat. Er hat schwarze Erde an den Schuhen und in der Hand diesen Spaten, den er jetzt Pasan reicht, und falls er hier der Hausmeister ist, haben wir großes Glück gehabt, und in diesem Moment beschließe ich: auf jeden Fall Erbsen anbauen, denn die Dosenerbsen, die wir hier essen, schmecken nach Mehl.

Richtige Erbsen, Nime, sage ich zu dem Jüngeren, ganz normale eben, das ist wohl nicht verboten. Wir müssen Rillen ausheben, die Samen gut angießen, später brauchen wir Stangen, Nime, Stäbe aus Bambus.

Immer von oben das Wasser herunterbringen, Nime, das ist viel Arbeit.

Die Erbsen werden hier wachsen, sagt Nime, und es klingt wie die Zeile eines Gedichtes, das ich früher in der Schule auswendig lernen musste.

Wir können auch Kürbis anbauen, der liebt die Wärme, und Mais ist sein liebster Nachbar. Mir fällt alles wieder ein, und ich schaue triumphierend zu Pasan hinüber, weil ich mit Nime gesprochen und gute Vorschläge gemacht habe.

Lass gut sein, murmelt Pasan später, als ich von Nime

rede, wie sich alle um ihn sammeln, wie wir wieder etwas zu tun haben, wie wir Erbsen kochen und vielleicht sogar irgendwann wieder Hühner haben werden, wer weiß, wo es Gärten gibt, kommen auch die Hühner, sie sind einfach zu halten, und die Essensreste genügen ihnen. Wir wären schon von selbst darauf gekommen.

Nime ist nicht besser als wir, Pasan besteht darauf. Nur weil unser Haus im Wasser verschwunden ist, sind wir noch lange nicht dumm. Niemand hier ist dumm.

Ich weiß nicht, was Dummheit mit Nimes Erbsen zu tun hat. Pasan will nicht, dass ich ihn lobe. Es ist egal, sage ich zu Pasan, um ihn zu beruhigen, wer die Idee gehabt hat. Wir alle haben sie gehabt, und Nime hat es gemacht. Oder umgekehrt. Jedenfalls muss ich mir heute Abend die Nägel kürzen, sonst bekomme ich schwarze Ränder, wie früher, und sag nicht, dass du die schön fandest.

Dass noch niemand gekommen ist, um uns zu verjagen, ist ein Zeichen. Es kann zwei Dinge bedeuten: Jemand schaut uns zu und lässt uns gewähren. Oder niemand hat gemerkt, was hier passiert. Dann fällt mir noch eine dritte Möglichkeit ein, aber über die möchte ich nicht nachdenken. Sie hat mit Nime zu tun, mit seinem Lachen und seiner Art, allen etwas zu tun zu geben: ein Test, ob wir Gesetze brechen würden, nur um ein paar Erbsen zu ernten.

Aber auch, falls Nime ein Verräter ist: Die Erbsen kann mir niemand schlechtreden.

Pasan wird das Wasser runtertragen. Wir alle werden Wasser runtertragen.

Wir haben ja einen Aufzug. So ein Glück.

Die Gruppe

2019

Am nächsten Morgen empfing uns an der Rezeption Joe, aufgeregt und blass.

Der Chef ist weg.

Welcher Chef? Nime?

Joe nickte.

Wo ist er denn?

Er zuckte hilflos mit den Schultern. Heute standen auf dem Programm eine Teeplantage und die große Ausgrabung östlich der Stadt. Wir hatten früh aufstehen müssen und waren ungeduldig. Joe sollte den Reiseleiter augenblicklich anrufen, abholen, herbeizaubern oder kontaktieren. Zittrig hantierte er mit seinem Handy herum, auf dem Zimmer war Nime längst nicht mehr, niemand hatte ihn gesehen. Fassungslos standen wir um Joe herum, das hastige Frühstück und der letzte Abend rumorten in unseren Mägen, und die kalten Schübe der Klimaanlage ließen uns frösteln.

Auch ein Reiseleiter kann mal einen schlechten Tag haben.

Weit kann er nicht sein.

Vielleicht ist er im Pool.

Natürlich wird er jeden Moment auftauchen, die Firma ist eine der zuverlässigsten auf dem Markt, und bisher hat er ja alles souverän gehandhabt, wir sind sicher, er ist ein Meister seines Faches. Meister dürfen sich auch mal verspäten, in Kirthan gehen die Uhren eben anders.

Ich warf Vater einen Blick zu. Nachdenklich studierte er seine Armbanduhr. Er wirkte gefasst und größer als gestern. Ich stellte mich neben ihn. Heute hatte er sein Hemd sorgfältig geknöpft, die Manschetten sahen frisch gebügelt aus.

Was meinst du?

Einen Erzähler werden wir brauchen, sagt er, sonst können wir nichts verstehen.

Die anderen spazierten ein wenig in der Lobby herum, klopften auf das Klavier (aus echtem Holz), fotografierten die balgenden Katzen im Innenhof und den Diener, der den riesigen Goldfischen im Zierbecken Futter hinstreute, das sie mit raschen Bewegungen ihrer Lippen von der Wasseroberfläche absaugten. Dann war eine halbe Stunde verstrichen, Joe telefonierte immer noch, und wir waren ernsthaft besorgt.

Der Chef ist nirgendwo, sagte Joe schließlich hilflos, ohne Chef kann ich nicht fahren, darf ich nicht.

Aber Joe, rief Brigitta, du kannst uns nicht hier stehen lassen, wir haben heute so viel vor. Vorwurfsvoll zeigte sie ihm die Reisebeschreibung der Firma, aber er fuhr sich nur immer wieder über den Schädel und schaute sich um, als könnte Nime jeden Moment auftauchen. Wir warteten noch eine weitere halbe Stunde und überlegten, ob wir Geld sammeln sollten, um Joe zu mieten, aber er weigerte sich.

Wir berieten uns in kleinen Gruppen, die ersten fingen an zu meutern, andere schüttelten fortwährend den Kopf und überlegten hin und her. Die Ehepaare schauten auf den Stadtplan.

Dagmar ging persönlich zum Zimmer des Reiseleiters und klopfte anhaltend. Horst und Brigitta standen draußen am Bus in der Wärme und redeten auf Joe ein.

Das wird in meiner Evaluation sehr, sehr schlecht punkten, sagte Lars düster, während Katja und Doris mit der Rezeption verhandelten.

Vielleicht ist ja etwas Schlimmes passiert, murmelte Dagmar. Vielleicht hat er sich, ich meine, vielleicht hat man ihn, vielleicht hat er einen Fehler gemacht.

Was für einen Fehler?

Ich meine, das kann hier ganz schnell gehen, dass sie einen aus dem Weg räumen.

So ein Blödsinn!

Was soll er denn gemacht haben?

Hier wirst du schon verhaftet, wenn du einen Kaugummi auf den Boden spuckst.

Vermutungen schossen ins Kraut. Das Mädchen war zurück in den Frühstücksraum geschlendert und holte sich noch einen Kaffee.

Dagmar kam auf die Idee, die Zentrale der Firma in Deutschland anzurufen.

Wir haben doch eine Notfallnummer, rief sie, dies ist ein Notfall, oder etwa nicht?

Doch, das ist ein Notfall.

Wir waren uns einig und kramten die Liste mit den Nummern hervor, die uns die Firma in einem bronzenen Kuvert kurz vor dem Abflug geschickt hatte, zusammen mit den schneeweißen Reisepasshüllen und den Adressanhängern aus weißem Leder. Die Firma war perfekt in jeder Hinsicht, und es konnte nicht sein, dass ihre Reiseleiter verschwanden, als hätte sie jemand aus dem Film geschnitten. In der Münchner Zentrale der Firma schien sich aber niemand zu melden, jedenfalls schaute Dagmar ratlos vor sich hin und in die Luft, als könne dort die Verbindung nach Europa sichtbar werden, und wir rechneten durch, ob die Zeitverschiebung München unerreichbar machte, aber Notfall ist Notfall, sagte Horst, es kann nicht sein, dass die Herrschaften dort ihren feinen Münchner Schlaf schlummern, während wir in Kirthan gestrandet sind.

Was machen wir?

Joe zuckte mit den Schultern und wischte sich den Schweiß vom Hals, nicht gut ohne, murmelte er.

Nicht gut ohne.

Wir redeten aufeinander ein, die Stimmen wurden greller, die Unruhe wuchs. Manche fassten sich an den Kopf, andere lachten höhnisch, Tränen gab es auch.

Es liegt an uns, sagte Dagmar niedergeschlagen, wir sind nicht auf ihn eingegangen, wir haben uns nicht auf Kirthan eingelassen, das muss ihn gekränkt haben.

Natürlich haben wir uns auf Kirthan eingelassen, sagte Lars heftig. Mit Haut und Haar. Wir sind ja noch dabei. Ich meine, wir sind doch Anfänger.

Unsinn. Horst hantierte mit dem Stadtplan und schüttelte ungeduldig den Kopf. Man darf das nicht persönlich nehmen. Der Reiseleiter ist nicht für unser Seelenheil zuständig, und wir nicht für seins. Das ist ein Job, versteht ihr. Er kann froh sein, dass er diesen Job hat, wir wissen ja, wie sich andere Leute hier abrackern.

Und warum macht er dann heute Morgen seinen verdammten Job nicht?

Ich fand ihn weniger überzeugend, sagte Vater leise, aber alle horchten auf.

Ja, er hatte wenig zu sagen. Vater räusperte sich und fuhr dann mit fester Stimme fort, alles Wichtige findet sich ja in der Fachliteratur.

Aber Vater, fiel ich ein, er hat sich doch Mühe gegeben, und denk an die besonderen Momente. Ich ertrug Vaters Missfallen nicht und befürchtete den Hohn der Gruppe. Aber niemand widersprach. Einige nickten, andere schauten nachdenklich zu Boden.

Die besonderen Momente sind Zufälle, sagte Vater. Wir sollten uns auf die zeitlosen Schönheiten von Kirthan einlassen und nicht auf windige Perlenverkäufer. Ein Murmeln ging durch die Gruppe.

Es gibt Dinge, die sich lohnen, und andere, die sich nicht lohnen, sagte Vater. Die anderen schwiegen und lauschten seinen Worten hinterher.

Joe beobachtete uns und wischte sich den Schweiß von der Stirn.

Ohne Nime wirkte er schüchtern und wirr, und auch sein Deutsch schien auf einmal zu zerfasern, jedenfalls konnte er uns nicht sagen, was genau seine Anweisungen im Krisenfall waren.

Der Chef ist immer da, stieß er hervor, immer da. Es klang wie eine Beschwörung, und rasch schauten wir uns um, ob der Reiseleiter uns vielleicht die ganze Zeit beobachtet hatte, stillvergnügt hinter einer Säule, einen grünen Tee in den Händen. Vater schritt langsam auf und ab, nicht ungeduldig, eher abwartend. Den kleinen Architekturführer, den er sonst auf seinem Zimmer las, hatte er in der Hand, den Zeigefinger zwischen den Seiten.

Das Mädchen lehnte mit ihrem Kaffee an dem weißen Flügel, an dem vielleicht abends manchmal Chansons dargeboten wurden, falls das in Kirthan vorgesehen war, und beobachtete amüsiert unsere Aufregung.

Jetzt könntest du uns zeichnen, rief sie Doris zu, jetzt ist doch wenigstens mal was los.

Ich kann keine Menschen, murmelte Doris und duckte sich ein wenig unter dem spöttischen Blick des Mädchens.

Joe ging nach draußen und rauchte dort kleine, bunt bedruckte Zigaretten. Er wehrte mit beiden Händen ab, als wir ihn wieder nach drinnen winkten, um die Lage mit ihm zu besprechen, setzte sich auf einen der Betondrachen und vergrub das Gesicht in den Händen. Der Bus stand kühl und weiß direkt vor dem Hotel, sicher hatte er abends wieder mit dem kleinen Gerät durchgesaugt, die Getränkebox aufgefüllt und die toten Insekten von der Frontscheibe gekratzt.

Wir sind nun quasi elternlos, rief Horst, unser Geschichtenerzähler hat uns verlassen, wer hätte das gedacht.

Brigitta kicherte leise. Doris und ihr Mann wechselten Blicke. Dagmar sank sorgenvoll in einen der prächtigen bestickten Sessel neben dem weißen Flügel. Das Mädchen rollte mit den Augen.

Du, rief Horst, du solltest lernen, erwachsenen Menschen respektvoll zu begegnen. Aber da ich nicht dein Vater bin und wir niemanden haben, der bereit ist, für dich Verantwortung zu übernehmen, kann ich dich nur darum bitten.

Für Sie immer noch Sie, murmelte das Mädchen.

Man braucht für diese junge Frau gar nichts zu übernehmen, rief auf einmal der weiße Herr aus dem Hintergrund, Sie sollten aufhören, sich in fremde Leben einzumischen. Horst begriff zuerst gar nicht, dass er gemeint war, höflich nickte er, dann stieg ihm eine plötzliche Röte ins Gesicht, und er wendete sich gekränkt ab.

Da machte Vater einen Schritt in die Mitte des Foyers und räusperte sich. Ich starrte ihn an, weil mir nicht klar war, was er im Sinn hatte. Sonst ahne ich ja, was ihm fehlt oder worauf er hinauswill. Keinesfalls ist es seine Art, sich in den Mittelpunkt zu rücken; auf den vielen Reisen, die wir schon unternommen hatten, war er ein höflicher, geduldiger Betrachter geblieben. Überhaupt sprach er selten vor vielen Leuten. In den Archiven, in denen er Handschriften sichtete, herrschte trockene Stille, jedes Umblättern einer Seite ein brüchiges Ereignis. Aber nun stand er auf dem polierten Boden neben dem Flügel, als wolle er ein Tänzchen beginnen, schaute um sich und hatte sich aufgerichtet, sodass er alle im Blick hatte. Ich lächelte ihm zu, aber er war zu beschäftigt damit, einen Auftritt zu proben, von dem ich nichts wusste.

Die Gruppe, eben noch zerstritten und zerfasert, rückte näher. Wir mussten eine Entscheidung treffen, damit der Tag nicht verloren ging, jemand musste Joe sagen, wohin er uns fahren sollte, wir brauchten Ziele, Informationen und eine Beschwerde an die Firma. Und wer auch immer das übernahm, wer auch immer uns wieder in Bewegung setzte, war uns willkommen. Alle schauten Vater an, der sich noch einmal räusperte, die Hände vor der Gürtelschnalle übereinanderlegte, als wolle er ein Gesangssolo anstimmen, und mit seiner leisen, ein wenig rauen Stimme anfing zu reden.

Ich möchte Ihnen nichts versprechen, sagte er. Und Beschwerden liegen mir fern. Wir wissen nicht, was mit Nime passiert ist, und wir wünschen ihm alles Gute. Wir murmelten zustimmend. Joe hatte draußen den Kopf gehoben, als wir uns um Vater geschart hatten, und schaute uns durch die großen Scheiben zu.

Bis er zurückkehrt, sagte Vater, hätte ich einige Geschichten zur Hand. Wir sollten uns heute aus der Gegenwart zurückziehen und das alte große Kirthan entdecken, so wie es uns in den alten Schriften beschrieben wurde. Auf diese Vergangenheit ist das heutige Kirthan gebaut. Und davon kann ich Ihnen ein wenig berichten. Wenn Sie mir Ihre Aufmerksamkeit schenken wollen, möchte ich Ihnen anbieten, Sie durch den heutigen Tag zu führen. Aber ich möchte mich nicht aufdrängen; nichts geschieht gegen Ihren Willen.

Je länger er redete, desto stärker klopfte mein Herz. Ich bangte um Vater, denn wenn sich alle nun gelangweilt von ihm abwenden würden, müsste ich ihn trösten und seine Beschämung ertragen; zugleich spürte ich Stolz auf ihn, seine sauber gebundene Krawatte, seine Unbeirrbarkeit und die Sicherheit seiner Ansichten. Rasch sah ich mich um. Niemand war davongelaufen oder hatte abgewinkt. Sogar das Mädchen, das gelangweilt auf den Lack des Flügels hauchte und dann das beschlagene Holz immer wieder mit ihrem Ärmel abwischte, um sich darin zu spiegeln, hatte nicht dazwischengeredet. Ich wusste nicht, ob sich Vater auf diese Worte vorbereitet hatte oder ob sie ihm eingefallen waren, weil er schon lange auf diesen Moment gewartet hatte. Er stand vor uns wie der Kandidat einer alten Partei, die es bald nicht mehr geben würde. Er würde

uns Kirthan zeigen, so wie er es sich erarbeitet hatte. Heute
würden wir keine Shops besuchen und kein Geld ausgeben,
wir würden nichts kaufen, wenig erleben und wenig lachen,
denn Bildung ist eine ernste Angelegenheit, pflegt Vater zu
sagen und dabei so schelmisch zu lächeln, dass ich mir ihn
sofort als jungen Mann vorstellen kann.

Die Gruppe schwieg. Vater senkte den Kopf und wartete
geduldig. Er schaute nicht zu mir herüber, aber ich wusste,
was er dachte. Er würde sein Angebot nicht wiederholen.
Wir müssten ohne Geschichtenerzähler auskommen und
den Tag mit Telefonaten nach Europa und ein oder zwei
Mahlzeiten im Hotel verbringen, während Joe draußen einen Sonnenbrand im Nacken bekäme. Vater würde sich in
sein Zimmer zurückziehen, ohne beleidigt zu sein, würde
die *Reisen durch Kirthan in dunklen Zeiten* studieren und
am Nachmittag mit mir einen Tee einnehmen. Am Abend
wäre vielleicht Nime schon wieder da.

Aber so kam es nicht. Brigitta, die sich schon eine Weile
entschlossen die Haare hinter dem Kopf zu einem festen
Strang gedreht hatte, schaute kurz in die Runde, dann trat
sie vor meinen Vater.

Lieber Herr Professor, sagte sie, wir haben doch noch
Glück im Unglück. Darf ich Sie im Namen der Gruppe bitten, heute die Leitung zu übernehmen?

Die anderen rückten näher und murmelten zustimmend. Ich zögerte noch einen Moment, aber dann schloss
ich auf; ich wollte Vater mit seiner neuen Aufgabe nicht
allein lassen. Vater streckte die Schultern in seinem Jackett
und lächelte mir zu. Es lag ihm fern zu triumphieren; er
wollte nur den Tag retten und dafür sorgen, dass wir alle
etwas lernten.

Sehr gern, sagte er zu Brigitta. Ich schlage vor, wir fahren als Erstes zu den Grabungen und den Urnenfeldern im Nordosten der Stadt. Wir sollten Herrn Joe noch in Kenntnis setzen. Und wenn Herr Nime morgen wieder zu uns stößt, werden wir ihm berichten, was wir gesehen haben: das alte Kirthan.

Beinahe wäre Applaus ausgebrochen, wenn das Mädchen nicht an uns allen vorbei Richtung Ausgang gesprungen wäre, als könne sie es nicht erwarten, das alte Kirthan mit Vater zu besichtigen. Wir alle folgten ihr langsam; heute gab Vater das Tempo an, also würden wir uns Zeit nehmen.

Soll ich dir den Reiseführer noch rasch von oben holen, flüsterte ich ihm zu.

Ach was, sagte Vater. Alles hier drin. Und er klopfte sich sachte an die Stirn. Dort war es aufgehoben, das alte Kirthan, unter seiner Schädeldecke, so wie der Stadtplan des antiken Rom und Athens Tempelanlagen, die Museen von Paris und der Lauf der Themse, eine verflochtene Geografie aus Wissen und Erinnerung, getragen von Lektüre, durchflochten von Zitaten, durch nichts zu ersetzen, weder käuflich noch vererbbar, ich kannte nichts davon und würde mir heute Notizen machen müssen, damit ich nichts vergaß. Denn heute war mein Vater der Erzähler, und wenn Nime wieder da war, würde er zurück in die Gruppe schmelzen und wäre nur noch ein betagter Gast unter vielen, mein Vater, der nie Professor gewesen war, aber er hätte es verdient, dachte ich damals und denke ich immer noch, wenn man überhaupt etwas verdient hat.

Als wir alle auf unseren Plätzen saßen, Joe noch immer überrascht von unserem Entschluss, ich diesmal allein hinter Horst und Brigitta, Vater vorn auf dem Beifahrersitz, schaute ich noch einmal zurück, ob wir Nime übersehen hatten, der vielleicht gerade angerannt käme, aus dem Schlaf gerissen vom Notfalldienst der Reisefirma. Aber die Auffahrt war leer, hinter den Schiebetüren wartete nur der Gepäckjunge so wie immer, und ich stellte mir vor, dass Nime über die Lautsprecher im Bus alles mithörte; dass er in seinem Zimmer saß und uns zuhörte, wie wir den Tag ohne ihn planten, wie Vater sich ungelenk über das Mikrofon beugte und sich zu laut räusperte. Vielleicht lehnte sich Nime wie ein abwesender Gott zurück in die Sitzgarnitur, den kalten Wind der Klimaanlage im Nacken, und ließ seinen Kreaturen freie Hand, bis wir am Abend erschöpft zurückkehren würden, übersatt nach einem Tag der Gelehrsamkeit und voller Ehrfurcht, Vater sicher ein wenig heiser. Wenn wir dann in der Bar anstießen, säße Nime plötzlich wieder unter uns, ohne viel Aufhebens zu machen, und übernähme still und leise die Führung, so wie gestern noch, und vielleicht wären wir froh, denn so viel merken wie Vater kann sich niemand, all die Jahreszahlen, die Herrschergeschlechter und Götterdynastien, Epochen und Kriege, die Liebschaften und Feindschaften der Höfe und die Formen der Vasen, Farben der Dächer und Säulen, die Mosaike in den Palästen und alle Himmelsrichtungen des Landes, die wir an diesem einen langen Tag durchmessen würden, und wir hätten schon wieder alles vergessen, bevor der Morgen kommt.

Der Bus fuhr an, Vater räusperte sich ins Mikro, alle saßen gespannt in ihren Sitzen. Wir rollten aus der Auffahrt, warteten an der Hauptstraße, aber plötzlich setzte der Bus zurück und schob sich langsam wieder auf das Hotelgelände,

Vater drehte sich irritiert nach mir um, während alle zugleich anfingen zu sprechen. Joe nahm sich das Mikro.

Wir können nicht losfahren, sagte er laut. Nicht ohne Nime. Ich fahre nicht.

Mit einem Zischen öffneten sich die Bustüren. Die anderen sprangen auf und redeten auf Joe ein. Aber Vater hatte verstanden. Er erhob sich und setzte sich zu mir, während Brigitta und Horst, Doris und ihr Mann, Dagmar, das Mädchen und der weiße Herr sich um Joe scharten, ihn beschworen, den Tag nicht zu verschenken, und anfingen zu telefonieren.

Wir lächelten einander an.

Bist du enttäuscht, fragte ich.

Weißt du, sagte er, es hätte mich sehr angestrengt.

Und was machen wir jetzt, fragte ich.

Wenn wir das wüssten.

Am Ende

2019

In den letzten Tagen kam der Wind von Norden, und wir fuhren durch roten Sand. Der Wagen, den uns die Nachbarn für zehntausend am Tag vermieten, ist undicht; der Wüstenstaub ist überall eingedrungen und knirscht uns zwischen den Zähnen, juckt körnig auf der Kopfhaut. Wir sind so langsam, dass wir dem Wind nicht davonfahren können; ich halte den Wagen immer auf der äußeren Spur, auch wenn wir zwischen Lastzügen eingekeilt sind und die Abgase uns die Augen aus den Köpfen drücken. Maran liegt auf der Rückbank, die Füße hat sie gegen das Fenster gestemmt, die Augen meistens geschlossen. Ich könnte jemanden brauchen, der mir ab und zu Wasser reicht oder nach den Ausfahrten schaut, aber Maran hat seit Tagen kaum ein Wort gesagt, deswegen machen wir diese Reise.

Die Apotheke im Dorf ist vor Jahren geschlossen worden, inzwischen hält unser Nachbar Ziegen im Verkaufsraum, die alte glänzende Holztheke hat jemand auseinandergesägt und davongetragen. Dem Apotheker konnten wir die Zunge zeigen, er umschloss unsere Handgelenke und nahm den Puls, dachte nach und suchte aus den Gläsern und Schubladen das passende Mittel. Das Haar fiel

ihm bis auf die Schulter; manche beschwerten sich, weil er
es nie wusch und die Strähnen feucht aussahen vor lauter
Fett; auch stand er oft barfuß hinter der Theke, und seine
Fußnägel waren blau gemasert. Er sprach nicht viel, aber
er kannte uns alle; wir sorgten dafür, dass er zu Neujahr
ein gebratenes Huhn bekam und im Sommer gekühlte Melone. Maran ging damals schon mit dem Schwindelfieber
zu ihm, und er half ihr, auch wenn es immer wiederkehrte.

Sie stand morgens auf, taumelte und sank auf einen Ho-
cker. Ich wusste, dass ich sie nicht anfassen durfte; sie hielt
die Augen geschlossen, nur ab und zu schaute sie um sich,
als suche sie einen festen Punkt in ihrer schwankenden
Welt. Wenn ich ihr ein Glas Wasser in die Hand drückte,
hielt sie es fest, ohne zu trinken, als helfe es, einen festen
Gegenstand zu berühren. Meistens nahm ich es ihr gleich
wieder ab, damit sie es nicht verschüttete. Ich wollte ihr helfen, sich wieder auf ihr Bett zu legen, weil ich dachte, das
könnte ihre verwirrten Sinne beruhigen, aber sie wehrte
mich jedes Mal heftig ab, als wolle ich sie zu etwas Schäd-
lichem zwingen. Ich hätte es lassen sollen, aber das hielt ich
nicht aus. Ich setzte mich in ihre Nähe, ließ sie nicht aus
dem Blick, sprang herbei, wenn sie aufstand und sich durch
die Hütte tastete. Sie hielt sich am Tisch und an den Wänden fest, den Blick fest auf den Boden vor ihren Füßen ge-
richtet, und ich verstand nicht, warum sie überhaupt he-
rumlaufen musste.

Manchmal stieg eine Wut in mir hoch, dass sie nicht wie
die anderen immer auf den Beinen war, dass sie sich nicht
still niederlegen konnte, sondern in der Gegend herumtap-
pen musste, und dass wir nie darüber redeten. Ich musste
aufs Feld, und sie allein zu lassen, kam nicht infrage; ich

sagte den Nachbarn Bescheid, die Suppe für den Mittag hatte ich schon vorgekocht, die müsste sie erhitzen, aber manchmal war auch das zu viel. Dann wieder war sie abends auf den Beinen, wenn ich mit den anderen zurückkam, hatte das Haus gefegt und den Garten gegossen, und meine besorgten Fragen wischte sie weg.

Als die Apotheke schloss, wusste ich nicht, wo ich etwas für sie holen konnte. Wir saßen fast jeden Abend mit den anderen auf dem Platz, allesamt alt und gelblich geworden, manche mit hochgekrempelten Ärmeln, andere in ihren Unterhemden, die staubige Sonne lag schwer auf unseren Häusern und Gesichtern. Wenn in diesem Augenblick jemand zusammenbräche, würde er sterben, denn niemand könnte ihm helfen. Wir spielten Guan, vorsichtig schoben wir die Steine hin und her, als wäre der Abend zerbrechlich und als müssten wir stillhalten, damit nichts kaputtginge.

Es half auch eine Weile, niemand wurde krank, niemand starb, kein Kind wurde geboren, nur Maran hatte ihre schlechten Tage, an denen sie kein Wort mit mir sprach, weil sie alle Aufmerksamkeit brauchte, um vom Bett bis zur Tür zu kommen, ohne zu stürzen. Wir legten Feigenstücke und frisches Long auf den Altar, Kräuter vom Garten und etwas Geld. Es war aber vielleicht nicht genug.

Marans Finger wurden ungenauer, sie verfehlte die Flasche, wenn sie den Deckel daraufschrauben, und die Wäscheleine, wenn sie die Kleider festklammern wollte. Mit den Füßen traf sie die Schuhe nicht mehr, und als ich einmal niederkniete und ihr die Zehen in die Schlappen schob, sagte sie endlich das, was ich schon lange dachte.

Wir müssen in die Stadt fahren und Rat holen.

Ich nickte nur, ich wollte nicht zu viel sagen, damit sie allein es entschieden hatte, Worte können bei Maran sehr schnell das Gegenteil bewirken.

Es wird viel Geld kosten, sagte sie, das weißt du.

Wir hatten ja gespart, wir wollten mit den Nachbarn ein paar Geräte für die Felder anschaffen, und ich hatte an Ziegen gedacht. Aber das ist nicht wichtig, sagte ich zu Maran, zugleich wäre es bitter, den Becher mit dem Geld auszuleeren, es hatte lange gedauert, ihn zu füllen. Maran schaute mich scharf an, sofort schämte ich mich, und meine Scham mischte sich mit der Enttäuschung zu einem unguten Druck in der Brust, den ich immer noch spüre, hinter dem Lenkrad seit Tagen, und das Geld schon halb aufgebraucht für Benzin, ein paar Reisrollen und frisches Wasser.

Im Auto hat sich Maran gleich auf die Rückbank gelegt, was sie zu Hause nie tut, vielleicht weil die Bewegung des Wagens ihr den Rest gegeben hat, und ich sitze wie ein Taxifahrer vorne, etwas vorgebeugt, weil der Sitz zu hoch ist und die Decke zu niedrig und weil ich ständig die Straße im Blick haben muss, falls Steine daraufliegen oder Tiere. Die Windschutzscheibe ist mit rötlichen Sandschlieren und toten Insekten verklebt. Scheibenwischer gibt es nicht, ich müsste anhalten und die eingebackene Dreckkruste vom Glas kratzen, aber das geht nicht.

Wie sie so daliegt, sieht Maran aus wie ein Kind, schmal und still, und wenn ich sie etwas frage oder ein wenig vor mich hin rede, um wach zu bleiben, antwortet sie so knapp wie möglich.

Tut das Sprechen dir etwa auch weh, frage ich irgendwann ungeduldig, weil ich etwas Zuspruch schon brauchen könnte, aber man kann die Kranken nicht um Beistand bitten, und mit den Göttern ist es auch nicht weit her, sonst hätten sie dafür gesorgt, dass wir im Dorf bleiben und zwei schöne dunkelbraune Ziegen halten könnten, so wie ich es mir lange gewünscht habe. Überhaupt fallen mir immer mehr Wünsche ein, Sachen, die wir nie bekommen haben, obwohl sie uns versprochen wurden, eine Klimaanlage und besseren Empfang für unsere Fernseher, und eine Reise hätte ich gern mit Maran gemacht, als wir jünger waren. Ich wollte immer in die Hügel, wo es Farnwälder geben soll, ganze Täler und weiche Hügelkuppen voller Farn, und ich stelle mir vor, während ich zwischen den Lastwagen geradeaus steuere, wie Maran und ich durch die Farne gehen, Hand in Hand, auf einem schmalen Pfad, in ein Gemälde aus hüfthohen Farnwedeln, um uns ein kühler blauer Duft, und wir laufen so lange, bis wir ins Herz des Waldes geraten, wo sich eine Lichtung auftut und wo wir uns auf weiches Moos setzen und warten, bis die Tiere zurückkehren, und während ich mir das alles vorstelle, so genau, als wären wir schon dort gewesen, sinkt mir der Kopf nach vorne, und erst, als ein Laster von links uns mit einer grellen Sirene anhupt, schrecke ich wieder hoch und reiße den Lenker herum.

Maran, das war knapp, sage ich entsetzt, mein Atem geht schneller, und ich bin nun ganz wach. Aber Maran hebt den Kopf nicht, vielleicht hat sie es gar nicht gemerkt, und ich sage nichts weiter.

Je näher wir der Stadt kommen, desto dichter wird der Verkehr, ich starre auf den Wagen vor mir und versuche, mich nicht von den lärmenden Lastzügen und den glänzenden Limousinen beirren zu lassen. Überall gibt es Abfahrten und Zufahrten, von links und rechts strömen im-

mer neue Schübe, wechseln, überholen, bremsen, und mein
einziger Wunsch ist nun, dass das Auto nicht zusammen-
bricht und niemand uns von der Spur drängt und wir in die
Stadt kommen, wo es Kliniken gibt, so viele, dass sie dem
Dorf ruhig eine oder zwei hätten abgeben können, dann
müsste ich nicht auf dieser Piste Taxifahrer spielen, verschwitzt am Rücken und mit steifem Nacken, ich kann
mich nicht mehr zu Maran umdrehen, weil ich Angst habe,
mir den Hals zu verrenken und von der Fahrbahn abzu-
kommen.

Die Schilder für die Ausfahrten kann ich durch die
verschmierte Scheibe kaum erkennen, und Maran macht
keine Anstalten, mir zu helfen und nach den Richtungen
zu schauen, ich weiß auch, dass sie es nicht kann, aber so,
wie wir nun schon seit Stunden die Stadt umkreisen, muss
es einmal ein Ende nehmen, ich muss rausfahren, wir haben auch kein Wasser mehr, und wenn das Benzin aus-
ginge, würden wir einfach überrollt. Irgendwann schwenke
ich nach rechts, quere eine Fahrbahn nach der anderen,
bis ich auf eine Abfahrt gerate, und wir sind endlich in
den Vorstädten, dort muss es Kranke geben und Kliniken,
und wirklich kommt bald ein lang gestrecktes Gebäude in
Sicht, flankiert von riesigen Parkplätzen, ausgeleuchtet mit
Flutscheinwerfern, das eine Klinik sein könnte, jedenfalls
bremse ich, fahre auf den Parkplatz und halte irgendwo.
Als der Motor verstummt, lege ich den Kopf auf das Lenkrad und schließe kurz die Augen. Ich höre, wie sich Maran
auf der Rückbank langsam aufrichtet.

Maran, wir sind da, sage ich. Meine Stimme klingt aus-
getrocknet nach der langen Stille, und ich brauche einen
Schluck Wasser, aber das werden wir in der Klinik bekom-

men, sage ich zu Maran, wir werden alles bekommen, was wir brauchen, ganz bestimmt. Und jetzt sollte sie sich bedanken, denke ich, einfach danke sagen, für diese Höllenfahrt, diese Anstrengung, sie sieht doch, wie fertig ich bin, und zugleich denke ich, darauf kommt es nicht an, du selbstsüchtiger Wicht, die alte, verworrene Mischung von Wut und Mitleid, die ich erst loswerden kann, wenn Maran wieder gesund wird, und deswegen sind wir ja hier.

Maran sagt nichts, aber ich spüre, wie sich von hinten ihre Hände auf meine versteinerten, zusammengezogenen Schultern legen, und so sitzen wir eine Weile. Dann hole ich unsere Tasche aus dem Kofferraum und helfe Maran aus dem Wagen. Sie richtet sich so langsam auf, als müsse sie ihren Körper neu zusammensetzen.

Ich werfe mir das Gepäck über die Schulter, das restliche Geld steckt in der Seitentasche, und wir sind weit gekommen. Das sage ich Maran auch, und es tut gut, meine eigene Stimme zu hören, wie sie wieder geschmeidiger wird und sich um Maran legt wie ein warmes Tuch.

So weit sind wir schon gekommen, sage ich zu ihr, während wir mit langsamen Schrittchen den Parkplatz überqueren, nun kann uns nichts mehr aufhalten, ich bin froh, dass du die Entscheidung getroffen hast. Und wenn du gesund bist, schauen wir uns die Stadt an, den Tempel der Ewigen Freundlichkeit, da muss jeder einmal gewesen sein, und dies ist unsere Chance. Ich glaube nicht, dass wir es noch einmal hierher schaffen, aber jetzt sind wir ja da, sage ich, und wir steuern auf den grell ausgeleuchteten Eingangsbereich zu, es ist spät geworden, aber das wird keine Rolle spielen, denn krank wird man zu jeder Zeit. Kurz fürchte ich, dass ich mich geirrt habe, dass die Klinik vielleicht eine Firma ist oder ein Kraftwerk, ein Konzern oder was es so gibt in der Stadt, aber als wir näher kommen, sehen wir Pfleger hin und her eilen, Liegen mit festgeschnallten Patienten auf den Gängen, wir sind richtig hier, sage ich erleichtert zu Maran, die nun auch zügiger vorangeht.

Die Eingangshalle ist beinahe leer, unsere Schritte hallen auf dem kühlen Steinboden, aber als wir auf die Rezeption zukommen, weist uns ein roter Pfeil nach rechts zur Anmeldung. Wir drehen uns nach rechts und bleiben stehen. Maran schnappt nach Luft. Der gesamte Gang quillt über vor Menschen. Sie lehnen an den Wänden und hocken auf dem Boden, drängen sich auf den wenigen Sitzen, halten sich auf dem Schoß, einige liegen auch lang gestreckt an den Fenstern. Manche gehen ruhelos auf und ab, packen Essen aus oder reichen sich Säuglinge.

Ihr müsst eine Nummer ziehen, sagt ein klein gewachsener Mensch mit langen Haaren, dort drüben, und er zeigt auf ein modernes Gerät mit leuchtenden Zahlen.

Wie lange dauert es, frage ich ihn, wir sind sehr lange gereist, und meine Frau muss sich ausruhen.

Das geht allen so, sagt er. Man weiß nicht, wie lange es dauert. Es kommt darauf an.

Worauf denn, frage ich.

Er zuckt mit den Schultern.

Steht das auf dem Gerät?

Die Zahlen versteht man nicht, sagt er, es sind Nummern.

Ich lasse ihn stehen und versuche, für Maran irgendwo einen Platz zu ergattern, aber im Wettstreit der Kranken ist sie nicht die Schwächste, die anderen rücken nicht zur Seite und schütteln nur den Kopf, wenn ich frage, ob der

Sitz noch frei sei, nein, ist er nicht, hier gibt es keine freien Plätze.

Wenn jemand drankommt, wird ja wohl etwas frei, sage ich zu Maran, die sich neben das Gerät gestellt hat wie an eine Bushaltestelle, und ich sehe, dass wir am richtigen Ort angekommen sind, sie wird nirgendwo anders hingehen, egal ob sie steht oder liegt, hier wird sie warten, bis ihr geholfen wird.

Der erste Tag ist unschuldig, wir warten und heben jedes Mal, wenn jemand durch den Flur kommt, erwartungsvoll den Kopf. Es ist aber immer nur ein neuer Kranker, der sich eine Nummer zieht und zu uns gesellt. Niemand wird aufgerufen, niemand geht, und kein Pfleger kommt in unsere Nähe. Irgendwann suche ich ein Klo, um unseren Wasservorrat aufzufüllen, und halte die Flasche unter den Wasserhahn. Aber das Wasser, das herausrinnt, ist heiß. Ich zucke zurück und lasse die Flasche ins Waschbecken fallen. Scheppernd springt sie im blechernen Becken hin und her. Jemand öffnet die Tür und tritt neben mich, ein müder junger Mann, er sieht nicht so krank aus und hält die Hände unter den dampfenden Wasserstrahl.

Man kann es nicht trinken, sage ich, es ist zu heiß.

Ich weiß, sagt er, ich bin schon eine Weile hier. Man kann es aber abkühlen lassen. Sie wollen, dass du draußen von den Buden etwas kaufst.

So viel Geld haben wir nun auch wieder nicht, sage ich.

Aber essen und trinken müsst ihr schon.

Ich frage ihn nach seinem Namen, er heißt Nime. Als wir zusammen aus dem Baderaum treten, frage ich mich, was er hat. Er wirkt gesund.

Was ist mit dir?

Aber er antwortet nicht, sondern gibt die Frage zurück. Und selbst?

Meine Frau hat Schwindelfieber, sage ich, und als er nachfragt, fange ich an, ihm von uns zu erzählen, von der langen Fahrt, von meiner störrischen Maran und wie wir nun doch hierher geraten sind, von zu Hause, und ich merke, dass auch er vom Dorf kommt, er fragt nach dem Garten und den Nachbarn, als wäre er schon dort gewesen, und schließlich sitzen wir neben Maran, die mit geschlossenen Augen an der Wand lehnt, und reden leise immer weiter, er fragt und ich erzähle, und weil Maran mich schon so lange nichts mehr gefragt hat, ist es eine Erleichterung, und ich kann gar nicht aufhören. Als ich irgendwann heiser bin und die Wörter durcheinanderbringe, frage ich Nime nach seiner Geschichte. Aber er schüttelt nur den Kopf.

Ich habe keine, sagt er und lächelt. Er legt mir eine Hand auf den Arm.

Erzähl weiter.